クリストファー・パオリーニ
大嶌双恵＝訳

ドラゴンライダー1

Drgon Rider Series

Eragon

エラゴン

遺《い》志《し》を継《つ》ぐ者

静山社

Eragon : Inheritance Book I
by
Christopher Paolini

Japanese translation rights arranged with Random House Children's Books,
a division of Random House, Inc.
through Japan UNI Agency, Inc., Tokyo

編集協力
リテラルリンク

ブックデザイン
鈴木成一デザイン室

ドラゴンライダー1 目次

ドラゴンライダー2 目次

ドラゴンライダー3 目次

＊地図上の数字は、物語の「章番号」を示しています。1章でエラゴンは、地図上 1 のカーヴァホール近辺にいます。

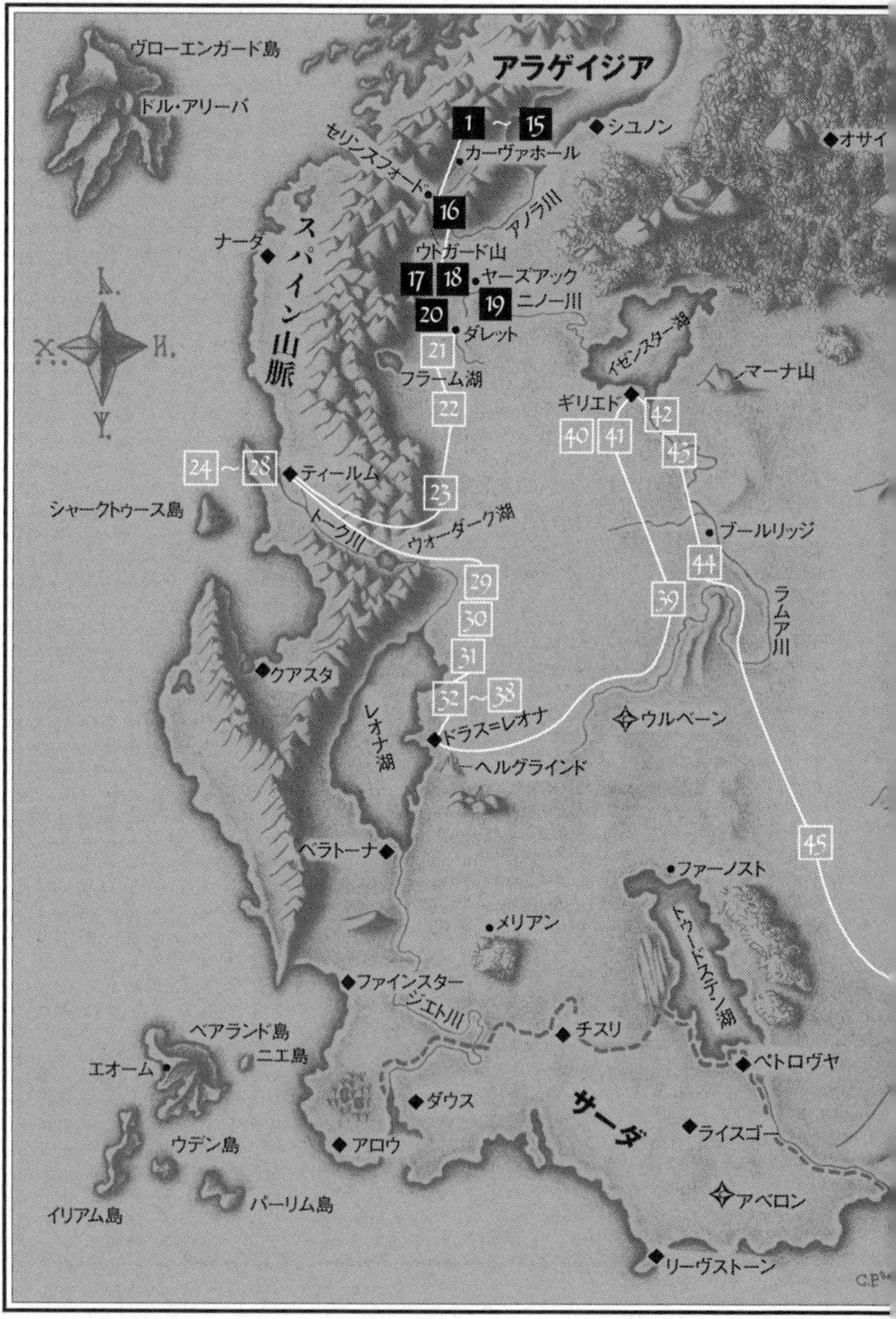
アラゲイシア
ヴローエンガード島
ドル・アリーバ
1 ～ 15
シュノン
オサイ
セリンスフォード
カーヴァホール
16
アノラ川
ナーダ
スパイン山脈
ウトガード山
17
18
ヤーズアック
19
ニノー川
20
ダレット
21
フラーム湖
イセンスター湖
マーナ山
ギリエド
22
40
41
42
43
24 ～ 28
ティールム
23
シャークトゥース島
トーク川
ウォーダーク湖
ブールリッジ
44
29
39
ラムア川
30
31
クアスタ
32 ～ 38
レオナ湖
ドラス=レオナ
ウルベーン
ヘルグラインド
45
ベラトーナ
ファーノスト
トゥードステン湖
メリアン
ファインスター
ジエト川
チスリ
ベアランド島
ニエ島
エオーム
ベトロヴヤ
ダウス
サーダ
ライスゴー
ウデン島
アロウ
アベロン
パーリム島
イリアム島
リーヴストーン
C.P.

おもな登場人物

エラゴン……物語の主人公（十五歳）。父を知らず、母セリーナは行方が知れない。村のはずれの伯父の家で暮らしている

カーヴァホール村
スパイン山脈の山間

ギャロウ……エラゴンの伯父。妻を亡くし、息子ローランと、身よりのない甥エラゴンを育てた

ローラン……エラゴンの従兄（十七歳）

スローン……村の肉店の主人

カトリーナ……スローンのひとり娘（十六歳）。ローランが思いを寄せている

ホースト……村の鍛冶屋。エラゴンやローランのよき理解者

ガートルード……村の治療師

ブロム……ライダーの歴史を知る年老いた語り部。白馬スノーファイアで旅をする

帝国
首都ウルベーン

伝説の
ドラゴンライダー

ガルバトリックス……帝国の支配者。
シュルーカンという黒ドラゴンに乗る
優秀なライダーだった。
仲間のライダー族を滅ぼし、
アラゲイジア世界の帝王として君臨している

シェイド……悪魔。ガルバトリックスに仕えている

〈闇〉の生物たち……黒マントのラーザック、怪物アーガル、
アーガルの精鋭カルの部隊など

ヴレイル……伝説のドラゴンライダー。
かつてアラゲイジアを治めていたころの
ライダー族の最後の長

モーザン……かつてガルバトリックスにそそのかされ、
ライダー族を裏切った男

00

恐怖の影《シェイド》

夜の闇をつらぬいて風がうなりをあげる。世の異変のにおいを運んでくる風だった。長身のシェイドは顔をあげ、そのにおいを嗅いだ。深紅の髪とえび茶の目をのぞけば、姿形は人間と変わらない。

シェイドはおどろいたように目をしばたたかせた。伝令はまちがいではない――やつらはこのけもの道を通るはずだ。あるいは、罠《わな》か？　彼はふたつの可能性をはかりにかけ、冷ややかに命じた。「散れ。藪《やぶ》にかくれて見はるんだ。アリの子一匹通すな。ぬかると……命はない」

まわりで十二人のアーガルたちが、すり足で動きだした。それぞれに短剣と、黒い紋章の入った円形の鉄の盾をもっている。人間に似ているが、その足は弓なりに曲がり、腕は野獣のように太く、強い。貧弱な耳の上には、一対のねじれた角がのびている。異形の怪物たちは不平をたれながら、しかしすばやく、藪《やぶ》のなかに身をひそめた。まもなくガサゴソという葉音はやみ、森はふたたび静寂に包まれた。

シェイドは葉の生いしげる木のかげから、けもの道をのぞき見た。人間の目には見通せない闇だ。だが、彼にとっては、ほのかな月明かりさえ樹間にさしこむ陽光と同じ——目をこらせば、ありとあらゆるものが鮮明に見える。彼は異様なほど静かに待った。手には白刃の長い剣。刀身には、針金ほどの細いキズが弧を描いて走っている。あばらを切りさくほど鋭く、がんじょうな鎧《よろい》をたたき切るほど強靭《きょうじん》な武器だった。

アーガルたちは、シェイドのように暗がりで目が利くわけではない。目の見えない物乞いのように闇を手さぐりしながらぎこちなく剣をかまえている。フクロウが静寂をつんざいて高く鳴いた。フクロウが飛び去るのを、みな気をはりつめて待った。寒空のもと、怪物たちはふるえていた。だれかの重いブーツが小枝をふみつける。シェイドが「シッ」と制すると、アーガルたちは身をすくめ、ぴたりと凍りついた。腐った肉のような彼らの悪臭に、シェイドは吐き気をこらえるように顔をそむけた。こいつらは道具だ。それ以上の何者でもない。

数分がたち、数時間が流れても、シェイドはいらだちをこらえて待った。においは、その主よりずっと早くここへたどり着くはずだ。アーガルには立ちあがることも暖をとることもゆるしていない。シェイドは自分もそうした欲求をおさえ、木のかげに身をひそめ、けもの道をにらみ続けた。森のなかを、今また一陣の風がふきぬけた。においはさっきよりかなり強い。興奮でシェイドのうすい唇がゆがんだ。

「来たぞ」シェイドはおさえた声でいった。全身がぞくぞくしていた。この瞬間をむかえるために、どれほどの策と骨折りが必要だったことか。今になって自制心を失ってはいけないのだ。

アーガルは太い眉の下の目をぎらりと光らせ、武器をにぎり直した。アーガルたちより早く、シェイドは金属が石にあたるような、チャリンという音を聞いた。おぼろげなしみが闇のなかから現れ、道をこちらへとむかってきた。

ぴんと背筋をのばした三人を乗せ、三頭の白馬が待ちぶせの場所へと歩んでくる。月明かりのもと、身につけた衣が銀色の液体のように波打っている。

一頭めに乗っているのは、とがった耳と形のいい眉をもつ男のエルフだった。体の線は細いが、細身の剣のように強靭《きょうじん》そうだ。背には威力を誇る弓。わきには剣を差し、反対わきの矢筒には白鳥の矢羽根の矢が入っている。

　しんがりの騎手もまた美しい、鋭角的な印象の男だった。右手に長い槍《やり》をもち、ベルトに白い短刀を差している。頭にかぶった兜《かぶと》は琥珀《こはく》と黄金でつくられ、精巧な細工がほどこされている。

　ふたりのあいだを進む漆黒の髪の女エルフは、悠然とあたりを見まわしている。長い黒髪に縁どられた顔。その深い瞳は、なにかに駆られたように爛々《らんらん》と光っている。質素な衣装をまとっていても、その美貌はすこしもそこなわれていない。わきには剣を差し、背に長弓と矢筒をかついでいる。彼女は、まるでそこにあることをたしかめるかのように、ひざの上の巾着に何度も目を走らせている。

　エルフのひとりが彼女に小声でなにか話しかけるが、シェイドにはその中身までは聞きとれない。女のエルフが毅然《きぜん》としてこたえ、護衛のふたりが位置を入れかわる。兜のエルフが先頭に立ち、槍をかまえた。やがて彼らはシェイドらの待つ場所まで近づいてきて、なんの疑いもなく、数人のアーガルがひそむ藪《やぶ》を通りすぎた。

　風向きが変わり、アーガルの悪臭がエルフのほうへふき流されたとき、シェイドはすでにおのれの勝利に酔いしれていた。馬たちは殺気を感じて鼻を鳴らし、頭をぐいともちあげた。エルフたちは身をかたくし、左右にあわただしく視線を走らせると、馬をまわして一気に駆けだした。

女エルフの馬は護衛たちを引きはなし、猛烈な速さで駆けていく。アーガルたちがいっせいに立ちあがり、黒い矢を放ちだした。シェイドは木かげから飛び出し、右手をかざして声をあげた。「ガージラー！」

シェイドの掌から、女エルフめがけて赤い閃光《せんこう》が放たれ、木々が血の色の光に染まった。光におそわれた馬が甲高くいななき、地面に胸をたたきつけるようにたおれこんだ。女エルフは超人的な速さで馬から飛びおり、軽やかに着地するや、背後の護衛たちをふり返った。

アーガルの死の矢は、あっという間にふたりの男エルフにつきささった。彼らは馬から射落とされ、地面の血だまりにくずおれた。アーガルたちが、討ちとったエルフに駆けよったとたん、シェイドの怒声が飛んだ。「女を追え！　捕らえるのは女だけだ！」怪物たちが不満げにうなりながら、けもの道を走りだす。

仲間の死を目のあたりにし、女エルフの唇から悲鳴がもれた。彼女は仲間の亡骸《なきがら》に一歩近づき、怪物たちに呪詛《じゅそ》の言葉を吐き、はねるように森へ飛びこんでいった。

アーガルたちが森をがやがやと走りまわるいっぽう、シェイドは花崗岩《かこう》の山に駆けのぼった。そこから森じゅうを見わたすことができた。彼は手をあげ、さけんだ。「ボオエットゥク・イスタルリ！」森の一角、四百メートルほどの幅に、ぱっと火の手があがった。彼は残忍な表情を浮かべ、一か所、また一か所と火を放っていった。やがて周囲二キロ半が、大きな炎の輪にかこまれた。炎はまるで溶けた王冠のように、森のなかに横たわっている。彼は満足げに、いきおいがおとろえぬよう炎の輪を見まもった。

炎の帯はじわじわと太くなり、アーガルの捜索範囲をせばめていった。とつじょシェイドの耳に、さけび声と不快な悲鳴が聞こえた。木々をぬってのぞくと、三人の怪物が息の根をとめられ、折りかさなってたおれるのが見える。残ったアーガルたちのあいだからエルフが飛び出してきた。

エルフは岩山にむかって、驚異的な速さで駆けてくる。シェイドは六メートル下の地面に目をやると、すばやく岩山を飛びおり、エルフの目の前に軽々と着地した。エルフは横すべりしながら、それでもきびすを返し、けもの道を駆けもどっていく。剣からしたたるアーガルの黒い血が、にぎりしめた巾着に点々としみをつけていた。

有角の怪物アーガルたちが、またも藪《やぶ》から飛び出してきた。女エルフをとりかこみ、彼女の唯一の逃げ道に立ちはだかる。逃げ場をもとめて、彼女はすばやく四方を見まわした。逃げ道がないと悟ったとき、女エルフは傲然と胸をはって直立した。シェイドは、彼女の困惑を楽しむかのように歩みより、片手をあげた。

「捕らえろ」

アーガルたちがおしよせてきたとたん、女エルフは巾着をあけ、なかに手を入れた。巾着がするりと地面に落ちる。手に残ったのは、大きなサファイアブルーの石だ。表面に、荒れくるう炎の光が反射している。エルフは石を頭上にさしあげた。唇が、とりつかれたようになにかの文句をとなえはじめる。シェイドが必死の形相でさけんだ。「ガージラー！」

シェイドの掌から赤い火の玉がふき出し、矢のような速さでエルフに飛びかかった。が、一瞬遅かった。森じゅうがぱっとエメラルド色の光に照らされ、次の瞬間、石は忽然《こつぜん》と消えていた。赤い火はそのままエルフにつきささり、彼女はばたりとたおれた。

シェイドは怒りの声をあげながら、剣を木に投げつけた。剣が幹の中央までつきさされた。

さり、ぶるるんとふるえる。掌の光を九発放ってアーガルたちを始末すると、シェイドは幹にささった剣を引きぬき、エルフにつかつかと歩みよった。

シェイドの口から、復讐《ふくしゅう》を予言する言葉が朗々と響きわたった。彼にしか理解できない忌まわしい言葉だ。そして細い手で拳をにぎり、空をねめつけた。星たちはまたたきもせず冷ややかに、別世界の者たちをにらみ返している。彼は苦々しく唇をゆがめ、意識のないエルフをふり返った。

人間の男ならだれもが魅了されるだろう彼女の美貌も、シェイドにとってはなんの意味もない。石が失われたことをもう一度だけたしかめ、シェイドはかくしてあった馬を藪《やぶ》からひいてきた。エルフを鞍《くら》に乗せ、自分もそのうしろにまたがると、森の外へと馬を進めた。

行く手の炎だけを消し、あとは燃えるがままにして歩み去った。

01 発見

エラゴンはアシをつぶした寝床にひざをつき、よく利く目で道筋を観察した。足跡を見るかぎり、ほんの三十分ほど前、草地にシカが群れていたようだ。群れはもうじき眠る時間だ。彼がねらっているのは、左の前足を引きずった小さな牝《め》ジカだった。いまだ群れのなかにいるらしい。オオカミやクマに殺られずに、ここまで生きのびているとはおどろきだった。

空は暗く透きとおり、かすかな風が空気をそよがせていた。とりかこむ山々の上空を、銀色の雲が流れていく。ふたつの山に抱かれて浮かぶ満月の光に、雲のすそが赤く照らされている。山を流れる川は、かたい氷河やきらめく雪塊がもたらしたものだ。谷から霧が流れてきて、足もとがかすむほどだった。

エラゴンは十五歳。誕生日が来れば、大人の仲間入りだ。濃い茶色の目に、黒々とした眉。毎日の労働ですりきれた服。骨の柄《つか》の狩猟ナイフを腰のベルトに差し、イチイ材の弓を、露にぬれないよう鹿革の筒におさめてある。荷物は木枠つきの背嚢《はいのう》に入っている。

エラゴンはシカの群れを追って、スパインの奥深くまで分け入っていた。スパインは、アラゲイジアの領土にのびる未開の山脈地帯だ。スパインの山々からはよく、不思議な言い伝えや人間たちがおりてくる。たいていが不吉なことの前兆だ。しかし、エラゴンはスパインを恐れてはいない。ひたすら獲物を追って、どんなにけわしい山へでも入っていく――カーヴァホール周辺ではいちばんの狩人だった。

狩りをはじめて三晩めになっていた。食糧はもう半分しか残っていない。牝《め》ジカを射とめなければ、手ぶらで家に帰ることになる。駆け足で近づいてくる冬にそなえ、家族にとって肉はどうしても必要なのだ。だが彼の家族には、カーヴァホールでそれを買いそろえるだけのよゆうはない。

ほの暗い月明かりのもと、エラゴンは静かな自信を胸に、谷間をめざして、森のなかへと歩きだした。シカの群れは、きっと谷間の草地で休んでいるはずだ。木々の梢《こずえ》が空をさえぎり、地面に羽根のような影を落としている。彼は足もとをほとんどたしかめることなく歩いた。道筋はよくわかっている。

谷間に出ると、彼は手ぎわよく弓に弦をはった。矢を三本とり出し、一本をつがえて、あとの二本は左手ににぎる。月に照らされ、草の上に二十個あまりの動かないかたまりが見えた。シカが眠っているのだ。彼のねらう牝《め》ジカは、群れのいちばんはずれに、左の前足をぎこちなくのばして横たわっている。

エラゴンは弓を引きながら、そろそろと近づいていった。これまでの三日間は、今この瞬間のためにあったのだ。最後にもう一度だけ深呼吸する——と、夜の闇を、なにかの爆発音がつんざいた。

シカの群れがいっせいに駆けだした。エラゴンはふいに前へ飛び出し、頬にすさまじい風がふきつけるのもかまわず、草地をつっ切って走った。すべりこんで足をとめ、はねまわる牝ジカにむかって矢を射た。矢はわずかの差でそれ、闇のなかへ消えていった。彼は悪態をついた。そして、ふり返りざま本能的に次の矢をつがえた。

背後の草や樹木が、黒くくすぶっている。大きな円を描くように。ちょうどシカたちがいたあたりだ。松の木はほとんどが葉を落とし、黒こげの円の外側の草も平たくつぶれている。細い煙がくるくるとのぼり、こげくさいにおいがただよっている。見ると、円の真ん中に、つるりとした青い石がころがっている。焼けこげた草地に霧がじわじわと這《は》い、石の上で触角のようにうねっている。

エラゴンは警戒し、何分間もじっと石を見つめていた。だが、動いているのは霧だけだ。慎重に弦をゆるめ、前へふみだす。石の手前で足をとめると、月明かりを受けて、自分のぼんやりとした影が落ちた。石を弓でつつき、とっさにうしろへ飛びのいた。なにも起こらない。エラゴンはおそるおそる石をつかみあげた。

自然の力が、石をこれほどつややかにみがくものだろうか。濃い青色の表面にはキズひとつなく、静脈状の白い筋がクモの巣のように走っている。ひんやりとして、絹をかたくしたかのような、なめらかな感触。三十センチほどの卵型で、重さは二、三キロ。見た目よりは軽く感じる。

彼の目に石は、美しくも恐ろしくも見えた。いったいどこから現れたのだろう？　なにか目的があってここに来たのだろうか？　考えると、さらに不安になった。なにかのまちがいでここへ送られてきたのだろうか？　それとも、ぼくのために送られてきたのだろうか？　古い言い伝えを思い出すかぎり、これは魔法と関係があることかもしれない。だとすれば、不注意にあつかってはいけないものなのだ。

では、どうすればいいのか？　もち帰るのはひと苦労だろうし、ましてどんな危険があるともかぎらない。このまま放って帰ったほうがいいだろうか。ためらいがよぎり、彼は石を放そうとした。が、ある思いがその手をとめた。もしこの石で食糧が買えるとしたら？　エラゴンは肩をすくめ、石を荷物のなかにおしこんだ。

谷間の草地はさえぎるものがなく、安心して野宿ができなかった。彼は森にもどり、倒木のつき出す根のかげに寝袋をひろげた。パンとチーズの冷たい食事をすませると、毛布にくるまり、さっきの出来事を思い返しながら、眠りに落ちた。

02 パランカー谷

翌朝、あざやかな紅色と黄色に燃える太陽がのぼった。空気はあまく、新鮮で、ぴりりと冷たい。小川の縁に氷がはり、小さな池は完全に凍りついている。エラゴンは米粥《こめがゆ》の朝飯を終えると、谷間の焼けこげた草地にもどってみた。朝の光で見ても、とくに目新しいことは見あたらない。彼は家路につくことにした。

道は荒れて、ところどころでとぎれている。もともとは動物がつくった道だから、あともどりや遠まわりをさせられることも少なくない。そうした欠点を差し引いても、山をくだるにはこれがいちばんの近道なのだ。

スパイン山脈は、ガルバトリックス王がわがものにできない数少ない領域のひとつだった。いまだ人々の口にのぼるのは、かつて王の軍隊がスパインの古い森に分け入り、その半分が忽然《こつぜん》と姿を消してしまったという話。スパインには不幸の暗雲がたれこめているようだ。たとえ樹木がすくすくとのび、太陽がさんさんと輝くとしても、スパインの山中に入り、なんの事故にもあわずに出てこられる者はめったにいないという。

エラゴンはそのめったにいない人間のひとりだった。彼自身、特別な才能のせいだとは思っていない。強いてあげれば、警戒心の強さと反射神経の良さだろうか。何年も山歩きをしているが、いまだに山をなめてかかることはない。山の秘密をすべて知った気になると、その認識をくつがえすようななにかが、かならず起きるのだ——あの石のように。

エラゴンは山道を黙々と歩き続け、帰路の距離を着実に稼いでいった。日の暮れるころ、切り立った崖の上にたどり着いた。はるか下にアノラ川が、パランカー谷にむかって流れている。何百もの小さな支流が流れこむアノラの川の水は、行く手をふさぐ岩や丸石にぶつかってはじけながら流れている。ごうごうという低い音が山の空気を満たしていた。

エラゴンは崖のそばの茂みに寝床をひろげ、月が現れるのを待ってから眠った。

翌日、翌々日と、寒さがいっそうきびしくなった。彼は足を速めて歩いた。警戒すべきけものはもうほとんど見かけることはない。正午をすこしすぎたころ、あたりをやわらかく包みこむように、イグアルダの滝の音がぼんやりと響いてきた。道を進んでいくと、ぬれた岩棚に出た。わきに急流がおしよせ、空中に激しい水しぶきを散らしながら、コケにおおわれた崖を流れ落ちている。

眼下にはまるでひろげた地図のように、パランカー谷が横たわっている。一キロほど下の、イグアルダの滝の流れ落ちるところが、この谷の最北端にあたる。滝からすこしはなれたところにあるのが、カーヴァホールの茶色の集落だ。家々の煙突が、未開の原野にいどむかのように白い煙を吐き出している。崖の上からのぞむ農地は、指の先ほどの四角いしみにしか見えない。そのほかの土地は黄褐色や砂色。枯草が風にそよいでいる。

アノラ川は、イグアルダの滝つぼからパランカー谷の南端までうねうねと流れる川だ。長々と横たわるその雄大な川面に、陽光が反射している。川は、はるかむこうのセリンスフォードの村をこえ、ウトガードの山すそをこえて流れていく。その先は北へ進路を変えて海へ。彼にわかっているのはそれだけだ。

しばらく休むと、エラゴンは岩棚をあとにし、その勾配のきつさに顔をゆがめながら、道をくだった。崖の下までたどり着くころ、あたりはやわらかな夕闇におおわれていた。すべての色や形が、灰色にかすんで見えた。すぐそばでカーヴァホールの灯りがちらちらとゆれ、家々が道に長い影を落としている。パランカー谷には、人の住む場所といえばセリンスフォードとカーヴァホールしかない。カーヴァホールの村はきびしくも美しい自然にかこまれ、ほかの社会から隔離された場所にある。商人や狩人以外、訪れる者はめったにいない。

カーヴァホールの集落には、がんじょうな丸太の家屋が軒をならべている。藁《わら》ぶき、板ぶきにかぎらず、屋根はどれも低い。煙突から煙がゆらゆらと流れ、木のくすぶるにおいが立ちこめていた。家々の前にはり出した広いポーチで、人々は集まって歓談したり、店を開いたりしている。窓にぱらぱらと、ローソクやランプの灯りがともりはじめていた。夕暮れどきの村に、男たちの胴間声や、亭主をむかえに来た女たちの、帰りが遅いとしかる声が響いていた。

エラゴンは建物のあいだをぬって、肉店へむかった。梁《はり》の太い、堂々とした構えの店だった。

扉をおしあけた。なかは広々として暖かい。石造りの暖炉で燃える火が、室内を明るく照らしている。奥のカウンターはがらんとして、床には一面、藁《わら》がしきつめられている。主人がひまさえあれば、どんな小さな塵《ちり》も見のがすまじと、そこらじゅうを点検しているのだろう、店内は潔癖といえるほど清潔だ。

カウンターの奥にいるのが、店主のスローンだった。小男のスローンは綿のシャツと血のしみついたスモックを着ている。腰のベルトに、これ見よがしにずらりとぶらさがる包丁。血色の悪いあばた面。黒い、疑り深そうな目。スローンは、カウンターをぼろ布でせっせとみがいていた。

エラゴンがなかに入ると、スローンの口がゆがんだ。「これはこれは、凄腕の狩人どのが、一介の人間の店にお出ましとは。今回は何頭ほど射ちとってきた？」

「一頭も」エラゴンはぶっきらぼうにこたえた。スローンのことは、どうしても好きになれない。まるで不潔なものをあつかうかのように、いつもエラゴンを見くだした態度をとるからだ。妻を亡くしたスローンの頭のなかには、溺愛するひとり娘、カトリーナのことしかないのだ。

「そりゃあ、たまげたね」スローンはわざとらしくおどろいてみせ、すぐに背をむけて、壁のよごれかなにかをこすりだした。「で、ここへ来た理由はそれかね?」

「ええ」エラゴンはたよりなげにいった。

「だったら、金を見せてもらわんとな」エラゴンがだまったまま足をもぞもぞさせているると、スローンはいらいらして指を打ち鳴らした。「なあ、おい——もってるのか、もってないのか? どっちなんだ?」

「お金はもってないけど、でも——」

「はあ、金がない?」スローンは彼をさえぎり、声をとがらせた。「それで、肉がほしいだと? ほかの店は、おまえさんにただで品物をくれてやるのかい? おれにも金なしで売ってくれってのか? しかも——」スローンは無愛想に続ける。「こんな夜遅くに。あした、金をもって出直してくるんだな。今日はもう店じまいだ」

エラゴンはスローンをにらみつけた。「あしたまでは待てないんです。あなたに損はさせません。お金のかわりになるものを見つけたんです」エラゴンは大仰に石を取り出し、キズだらけのカウンターにそろそろとのせた。暖炉で踊る火の光を受けて、石はきらきらと輝いている。

「どこぞでくすねてきたんだろ」スローンはつぶやいて、興味深げに身を乗り出した。

スローンの言葉は無視し、エラゴンはたずねた。「これで足りますか」

スローンは石を手にのせ、重さをはかりながら考えこむ。なめらかな表面に手をすべらせ、白い筋をしげしげと見た。やがて用心深げな顔つきで石を置いた。「たしかにきれいな石だがな、しかし、これでいくらの金になる？」

「わかりません」エラゴンは正直にこたえた。「だけど、なんの値打ちもないものなら、だれもこんなにみがきあげたりはしないと思う」

「なるほどな」さも納得したようにいう。「だが、その値打ちとはいくらだ？　わからんのなら、旅商人にでもきいてこい。それまで待てないなら、おれの言い値は、まあ、三クラウンってとこだな」

「そんなのひどすぎる！　少なく見積もっても、その十倍の価値はあるよ」エラゴンは食ってかかった。三クラウンの金では、一週間分の肉すら買うことができない。

スローンは肩をすくめる。「おれの言い値が気に食わんなら、旅商いの連中が現れるのを待つんだな。どっちにしろ、この話はもう仕舞いだ」

カーヴァホールには毎年春と冬に、旅商人や旅芸人の一団が訪れる。村にあまっている物や、農家でとれた物を買いとり、かわりに種子類や家畜、織物、砂糖、塩のような、生活必需品を売ってくれるのだ。

しかし、彼らが来るまでにはまだ間がある。エラゴンはそれまで待つわけにいかない。家族には今すぐ肉が必要なのだ。「いいです、その値段で」

「よし、じゃあ肉を売ってやろう。ちなみに、おまえ、これをどこで見つけた？」

「二日前の夜、スパインで――」

「出てってくれ！」スローンがふいに声を荒げ、石をおしやった。カウンターのすみへドスドスと歩いていき、血にまみれた包丁を洗いだす。

「どうしたの？」と、エラゴン。スローンの怒りから守るかのように、石を引きよせた。

「あの山からもち帰った物なんぞで、肉を売る気はない！　そんな妖しげな石、とっととどこかへもっていけ」包丁が手からすべり、指先が切れるが、本人は気づいてもいないようだ。スローンはまた、血のついた包丁をごしごし洗いはじめた。

「売れないというの？」

「そうだ！　ちゃんと金を払わんかぎりな」スローンはうなるようにいい、包丁を手にのせ、横歩きで去ろうとする。「出てけ！　さもないとたたき出すぞ！」

背後で扉が荒々しく開いた。エラゴンは、またもめんどうなことが起きるのではないかと思いながらふりむいた。つかつかと歩みよってきたのは、がっしりとした体格の男、ホーストだった。スローンの十六の娘、長身のカトリーナが、意を決したようにそのあとにひかえている。エラゴンは彼女を見ておどろいた。いつもなら、父親の巻きおこす口論の場に、現れることなどないからだ。スローンは油断ない目つきで彼らをちらりと見、エラゴンのことをうったえようとした。「こいつは――」

「だまってろ」ホーストが指をポキポキ鳴らしながら、野太い声で一喝した。彼はカーヴァホールの鍛冶屋だ。太い首とキズだらけの皮のエプロンを見れば、ひと目でそれがわかる。肘までまくりあげたたくましい腕、開いたえり元からあらわになった筋骨隆々の毛深い胸板。無頓着に切った黒いあごひげが、筋肉さながらにかたくもつれあっている。「スローン、今日はなにをやらかした？」

「おれはなにもしちゃいないさ」スローンはキッとエラゴンをにらみつけた。「こいつ……この坊主が店に来て、おれをこまらせるんだ。出ていけというのに頑として動かん。おどしてもすかしても、いうことを聞かんのだ！」ホーストの前でスローンは畏縮して見える。

「そうなのか？」鍛冶屋がたずねる。

「ちがうよ！」エラゴンはいいつのった。「ぼくは、この石と肉を交換してほしいとたのんだんだ。彼はそれでいいといった。なのに、スパインで拾ったといったとたん、石をつき返されたんだ。どうしてそんなふうに、態度が変わってしまうの？」

ホーストはものめずらしそうに石を見ると、スローンに視線をもどした。「取り引きしてやらないか、スローン？　おれもスパインは好きじゃないが、この石の価値が問題だというなら、おれが自腹をきってでも保証する」

彼の言葉がしばし宙にただよっていた。やがてスローンが唇をなめて話しだした。

「ここはおれの店だ。おれのしたいようにする」

ホーストのかげからカトリーナが進み出る。うしろにはらった赤褐色の髪が、溶けた銅のようにぱっとひろがった。「おとうさん、エラゴンはただで肉をもって帰るなんていってないでしょう。彼にお肉を分けてあげて。それで、わたしたちはもう夕食にしましょう」

スローンの目が恐ろしいほどに細くなる。「家へもどりなさい。おまえの出る幕じゃない……もどれといったんだ!」カトリーナは顔をこわばらせ、ぎくしゃくとした足どりで店を出ていった。

エラゴンはそれを不満そうに見ていたが、あえて口出しはしなかった。ホーストはひげをぐいとしごき、非難めいた口調でいった。「よし。じゃあ、おれと取り引きしよう。エラゴンは、なにがほしい?」太い声が店内に響きわたった。

「できるだけたくさんの肉」

ホーストはがま口を取り出し、コインを積みあげていく。「ここの最上のロースとステーキ用の肉を。エラゴンの背嚢《はいのう》がいっぱいになるようにだぞ」スローンはためらって、ホーストとエラゴンのあいだに視線を走らせた。「おれに売らないなんて、あまりいい考えじゃないぞ」ホーストはスローンを凝視した。

いかにも渋い面がまえで、スローンは奥へ引っこんでいった。小声で悪態をつきながら、やけくそで肉をぶった切っては包む音が聞こえてくる。居心地の悪い数分間ののち、スローンは肉の包みを腕いっぱいにかかえてもどってきた。彼は無表情でホーストの金を受けとり、ふたりの存在をまったく無視して、また包丁を洗いはじめた。

ホーストは肉をかかえあげ、店を出ていく。エラゴンは背嚢と石をつかみ、急いで彼のあとを追った。むっとする店内にくらべ、顔に触れる冷たい夜気がすがすがしく感じられた。

「ありがとう、ホーストのおじさん。ギャロウ伯父さんもよろこぶよ」

ホーストは静かに笑った。「礼にはおよばんよ。あの男には、いつかがつんといってやりたかったんだ。底意地の悪いおやじだからな。たまには鼻をへし折ってやったほうがいいのさ。カトリーナがおまえたちのやりとりを聞いて、おれを呼びに来たんだ。駆けつけてみてよかったよ――おまえたち、殴り合いの寸前だっただろう。だがあいにく、おまえの家族が次にあの店に行くときは、今日のように行くとは思えんな。金をもって行かないかぎりは」

「でもあの人、どうして急におこりだしたんだろう？　ぼくの家族とはもともと反りが合わなかったけど、いつも肉はちゃんと売ってくれるのに。それに、カトリーナをあんなふうにどなるのなんて、初めて見たな」エラゴンはそういって、背嚢《はいのう》の口をあけた。

「ギャロウにきくといい。それについては、おれよりくわしいだろうからな」

エラゴンは背嚢に肉をつめた。「うん、じゃあ、なおさら早く帰らなくちゃ……謎を解明するためにも。さあ、これはおじさんのものだ」彼は石をさし出した。

ホーストはクックッと笑った。「いいや、その不思議な石はおまえがもってなさい。金のことならいい。じつは、春が来たら、アルブレックがファインスターに行くことになったんだ。親方になるための修行さ。だから、おれのところに助手が必要になる。よかったらおまえが時間のあるときうちに来て、肉の代金分だけ働いてくれるといい」

エラゴンはうれしくて思わず頭をさげた。ホーストには、アルブレックとバルドルのふたりの息子がいる。ふたりとも鍛冶屋を手伝っている。そのひとりの後釜につかせてくれるとは、なんと寛大な申し出だろう。「なにからなにまでありがとう！　仕事、楽しみにしてるよ」エラゴンは、肉の借りを返す方法ができたことがうれしかった。伯父のギャロウは、けっして施しを受けたがらない人だ。

ふと、狩猟に出かけるまぎわ、従兄からたのまれていたことを思い出した。「そういえば、ローランからカトリーナにことづてをたのまれてたんだ。ぼくは会いに行けないから、かわりに彼女に伝えておいてくれるかな？」

「いいとも」

「旅商人の一行が着いたらすぐ、村へ出てくる、そのとき会おうって」

「それだけか？」

エラゴンはもじもじしていった。「ううん。ローランはこうもいってた。カトリーナは、今まで会った女性のなかでいちばんきれいだ、彼女のこと以外考えられないって」

ホーストは顔をほころばせ、ウィンクをしてみせた。「真剣なんだな、やつは」

「うん」エラゴンはニッと笑った。「それと、ぼくが感謝してたって伝えてくれる？　彼女、ぼくのためにおとうさんに楯《たて》ついてくれて、うれしかった。あとでしかられなきゃいいけど。彼女をもめごとに巻きこんだなんて、ローランが知ったら、真っ赤になっておこるよ」

「その心配はいらないよ。あの娘《こ》がおれを呼びに来たことなど、スローンは知らんだろうからな。そんなにきつくあたったりはしないさ。おまえ、うちで晩飯を食って帰らないか？」

「ありがとう。でも、今日はやめとくよ。伯父さんが帰りを待ってるから」エラゴンはそうこたえ、背嚢《はいのう》の口をしめた。荷物を背にかつぐと、ホーストに手をふり、道を歩きだした。

肉の重さでなかなか速く進めないが、エラゴンは早くわが家の農場に帰りたくてたまらなかった。それに今、その足どりはあらたな活力に満ちていた。集落は唐突にとぎれ、暖かな灯りが背後に遠ざかっていった。山の峰に真珠色の月が顔を出し、魂のぬけた日光さながらの、おぼろな光が地上をおおっている。あたり一面、色のない、のっぺりとした景色だった。

旅もいよいよあとひと息。エラゴンは南へむかって道を折れた。腰の高さほどの草のあいだに、細い道が一本ついている。その先に、楡《にれ》の木のかげにかくれるように、小さな丘がある。丘にのぼると、わが家のやわらかな灯りが見える。

板ぶき屋根の家に、レンガの煙突。水漆喰《みずしっくい》の壁の上にひさしがはり出し、地面に影を落としている。家の周囲はポーチにかこまれ、片側には薪用の木、反対側には農具が雑然と置かれている。

それは、半世紀も廃墟《はいきょ》になっていた家だった。ギャロウが妻のマリアンを亡くしたあと、家族でここにうつり住んだのだ。カーヴァホールからほぼ十五キロ。どの民家よりも村から遠くはなれている。こんなにはなれて住んでいては、緊急のときに助けがなくてこまるだろうと、村の人々は心配する。だが、エラゴンの伯父はけっして耳をかそうとしなかった。

家の三十メートルほど横に立つ、くすんだ色の建物は納屋だ。今そこには、二頭の馬、バーカとブルーグと、ニワトリが数羽、牝牛《めうし》が一頭いる。豚を飼うこともあるが、今年はそのよゆうがない。馬房には荷馬車が一台。畑のはしにひろがる雑木林は、アノラ川にそってどこまでも続いている。

窓のむこうにゆれる光を見ながら、彼は疲れた体でポーチに立った。「伯父さん、エラゴンだよ。戸をあけて」小さな鎧戸《よろいど》がすっと開き、扉が内側にあけられる。

ギャロウが扉をおさえて立っていた。棒切れに引っかけたぼろ布のように、くたびれた服が体からぶらさがっている。白髪頭の下には、やせ細った顔と、爛々《らんらん》と輝く目がある。まるで半ミイラ化して発見された、死にかけの人間のようだ。

「ローランはもう寝たぞ」エラゴンの問うような視線に、ギャロウはこたえた。

ランタンのともる古い木のテーブルは、あまりの古さに、表面の木目が巨大な指紋のようにうねうねともりあがっている。薪ストーブのわきにずらりとならぶ台所用品は、どれも手製の釘《くぎ》で壁にとめられている。二枚めの扉のむこうには、もうひとつの部屋がある。長い歳月、人にふまれ続けた床板は、みがかれたかのようになめらかだ。

　エラゴンは背嚢《はいのう》をおろし、肉を取り出した。

「なんだこれは？　おまえが買ったのか？　金はどうしたんだ？」肉の包みを見るなり、伯父は声を荒げた。

　エラゴンはひと呼吸おいて、こたえた。「ちがうよ、ホーストが買ってくれたんだ」

「やつに払わせたのか？　物乞いみたいなまねはせんと、前からいってるだろうが。いよいよ食えなくなったら、村に行って暮らせばいいんだ。そうすれば、たちまち村の連中がいらない服をとどけてくれるし、冬をこせるかどうか気にかけてくれる」ギャロウは青ざめた顔で、腹立たしげにいう。

「恵んでもらったわけじゃないよ」エラゴンはいい返した。「春になったら、借りた金の分、ホーストのところで働かせてもらうんだ。アルブレックが家を出ていくから、人手が足りないんだって」

「他人のところで働くひまが、どこにあるっていうんだ？　うちの仕事を、全部放っていくつもりか？」ギャロウは声をおさえていった。

エラゴンは扉のわきに、弓と矢筒を引っかけた。「そのへんのことは、これから考えるよ」もどかしげにいう。「だけど、金になりそうな物を見つけたんだ」彼は石をテーブルにのせた。

ギャロウが石に顔をよせる。飢えた顔に、貪欲な表情が浮かんだ。石に触れようとした指が、びくっとひきつった。「スパインで拾ったのか？」

「うん」エラゴンはそのときの状況を話して聞かせた。「しかも、いちばん大事な矢をなくしちゃったんだ。急いで新しいのをつくらなきゃならない」うす暗い部屋で、ふたりはじっと石を見つめている。

「天気はどうだった？」石をかかえ、伯父がたずねた。とつじょ消えてしまうことを恐れるかのように、その手はがっちりと石をつかんでいる。

「寒かった」エラゴンはこたえた。「雪こそ降らなかったけど、毎晩、こごえるほど寒かった」

ギャロウはその報《しら》せに顔をくもらせた。「あしたはローランといっしょに、大麦の刈り入れを終わらせるぞ。あとは、カボチャだな。それで、霜の心配をせんでよくなる」彼はエラゴンに石をもたせた。「ほら、しまっておけ。どれほどの金になるかは、旅商いの連中が来たらわかるだろう。いずれにしろ、売っちまうのがいちばんだな。魔法みたいなもんには、かかわらんほうがいい……それにしても、なんでまたホーストが、肉の金を払ってくれることになったんだ？」

スローンとの口論の原因を説明するには、ひと言でじゅうぶんだった。「どうしてあんなにおこったのか、さっぱりわからないよ」

ギャロウは肩をすくめた。「イズミラっていうスローンのかみさんは、イグアルダの滝に落ちて死んだんだ。おまえがここに来る前のことだ。以来、やつはスパインに近づこうとしない。いっさい、かかわろうとしないのさ。だがそれにしても、肉を売らないという理由にはならんな。きっとおまえをこまらせたかったんだろう」

エラゴンは疲れて体がふらついていた。「帰ってこられてほっとしたよ」ギャロウは表情をゆるめ、うなずいた。

エラゴンは自分の部屋にころげるようにもどると、石をベッドの下におしこみ、マットにたおれこんだ。やっと家にもどれた――猟へ出て以来ひさしぶりに、しんからくつろいだ気分で眠りについた。

03 ドラゴンライダー

翌朝、窓からさしこむ朝日が、エラゴンの顔を暖かく照らしていた。目をこすりながら、ベッドの縁に起きあがる。松材の床が足の裏に冷たい。痛む足をのばし、腰をさすり、あくびをした。

ベッドのわきの棚は、あらゆる収集品でびっしり埋まっている。ねじれた木片、かけた貝がら、きらきらした内部がよく見える割れ石、かわいた草で編んだ縄。いちばんのお気に入りは、渦巻き状に巻いた木の根だ。いつまで見ていてもあきない。あとは、小さなたんすと小テーブルがあるだけの、殺風景な部屋だ。

エラゴンは長靴をはき、床に目を落とし、思いにふけった。今日は特別な日だ。十六年前の今日、ほぼこの時間、母親のセリーナが身重の体で、カーヴァホールにひとり舞いもどってきたのだ。六年間、遠い町で暮らした末のことだった。もどってきたとき、彼女は高価な衣装をまとい、真珠をちりばめたネットで髪をゆわえていた。赤んぼうが生まれるまでここに置いてほしいと、兄のギャロウをたよって来たのだ。五か月後、男の子が生まれた。ところが彼女は、ギャロウとマリアンに、こどもを育ててほしいと泣いてうったえた。周囲の者は愕然《がくぜん》とした。理由をたずねても、セリーナは「そうするしかない」と泣くばかりだ。必死の哀願に、ついに兄夫婦は根負けした。セリーナは息子をエラゴンと名づけ、翌朝早く家を出て、二度ともどってこなかった。

マリアンが今際《いまわ》の際に、その話を打ちあけてくれた。エラゴンは、そのときの気持ちをいまだに忘れることができない。ギャロウとマリアンが本当の親ではないと知り、心は激しくかきみだされた。永遠に不変で疑いようのなかった事実が、とつぜん、不確かなものになってしまったのだ。それでもいつのまにか、あらたな事実とともに生きる術《すべ》を覚えた。しかし、自分は母親に受け入れられないこどもだったという思いが、つねに頭からはなれなかった。いや、きっとなにか、やむにやまれぬ事情があったにちがいない。それがなんなのか、わかればいいのに。

もうひとつ、彼の心をさいなんでいることがあった。父親はだれなのか？　セリーナはそれをけっして明かさなかったし、父親であるはずの人がエラゴンを訪ねてきたこともない。名前だけでもいいから、父親のことを知りたかった。せめて自分の血筋くらい、知っておきたいではないか。

エラゴンはため息をついて、小テーブルにむかい、たらいの水で顔を洗った。冷たい水が首筋に流れ、思わず身ぶるいをする。気分がすっきりすると、ベッドの下から石を取り出し、棚の上にのせた。朝の日ざしが石の表面をなで、壁にやわらかな影を映している。彼はもう一度だけ石をなで、台所の家族のもとへ駆けていった。

ギャロウとローランはすでに起きて、鶏肉を食べていた。エラゴンのおはようの声に、ローランは笑顔で立ちあがった。

ローランはエラゴンより二歳年上だ。体はがんじょうでたくましく、性格は慎重。ふたりは本物の兄弟以上に、強い絆《きずな》で結ばれている。

ローランは笑った。「無事に帰れてよかったな。旅はどうだった?」

「さんざんさ」エラゴンはこたえた。「なにがあったか、伯父さんから聞いてない?」

鶏肉をひとつつかみ、猛烈ないきおいでがっついた。

「いや」と、ローラン。エラゴンはさっそく、ことのあらましを話して聞かせた。ローランにせがまれ、エラゴンは食事を途中にして、彼に石を見せてやった。ローランはこれ以上ないほどおどろいたあと、なにやらそわそわしはじめた。「カトリーナとは話せたか？」

「いや、スローンとやりあったあとだから、それはできなかった。でも彼女、旅商人たちが着くころ、おまえに会えると思ってるよ。ホーストにことづてをたのんで来たから。だいじょうぶ、ちゃんと伝わるさ」

「ホーストに話したって？」ローランが目を丸くした。「秘密の話なんだぞ！　たとえ村じゅうに知らせたいとしても、焚《た》き火をたいて、のろしでこっそり合図する。スローンに知れたら、二度と彼女に会わせてもらえないんだからな」

「ホーストなら、うまくやってくれるさ」エラゴンがうけあう。「スローンの食いものになんかしやしない。とくにおまえのことはね」ローランはあまり納得いかないようだが、それ以上は反論しなかった。ふたりは無口なギャロウとの朝食の席にもどった。食べおえると、三人そろって畑仕事に出た。

日の光は弱くぼんやりとして、あまりにもたよりなかった。その太陽の視線を浴びながら、最後の大麦が納屋に運ばれた。さらに、とげだらけの蔓《つる》になったカボチャ、ルタバガ、ビート、エンドウ、カブ、インゲンを次々ととり入れ、室に貯蔵した。長時間の労働のあと、彼らはこわばった筋肉をほぐし、収穫が無事終わったことをよろこんだ。

続く数日は、収穫物の皮をむいたり、酢漬けや塩漬けにしたり、冬の食糧備蓄の作業についやした。

エラゴンがもどって九日め、山脈からふきおろす暴風で、谷ふところ一帯が猛吹雪におそわれた。雪はいくえにも降りつもり、田園地帯を真っ白におおいつくした。うっかり外へ出たら、荒れくるう強風と、どこまでも白い景色のなか、方向感覚を失ってしまいかねない。彼らはそれを恐れ、薪をとりこむときと、動物に餌をやるとき以外は家から出ず、ストーブのまわりにかたまって、窓にたたきつける風の音を聞いていた。何日かしてようやく吹雪がおさまると、外には、やわらかな白い雪でおおわれた新しい世界がひろがっていた。

「こんなにひどい天気だと、今年は旅商いの連中は、来られんかもしれんな」ギャロウがつぶやいた。「例年なら、もうとっくに着いてるころだ。カーヴァホールに出ていくのは、もうすこし様子を見てからにしたほうがいい。だが、あまり到着がおくれるようなら、村であまってる物を売ってもらうしかないな」彼の顔にはあきらめの色が浮かんでいた。

商人たちの現れる気配のないまま、彼らは不安な気持ちでいく日かをすごした。会話もまばらで、家じゅうに沈鬱な空気がたれこめていた。

雪が降って八日めの朝、ローランは街道に出てみたが、やはり旅の一行が通った気配はなかった。その日、彼らはカーヴァホールへの旅の準備に追われた。三人ともどんよりとした表情で、売り物になりそうな物を物色した。そして夜、エラゴンはなかばやけ気味で、もう一度だけ街道へ出てみた。すると雪の上に、深いわだちと、無数のひづめの跡がついている。彼は歓声をあげて家へ駆けもどった。一家の旅支度はようやく活気づいた。

夜明け前、彼らは多めにとれた収穫物を荷馬車に積みこんだ。ギャロウは一年分の金を革の小袋につめ、腰のベルトにきっちりしばりつけた。エラゴンは、馬車がゆれてもころがらないよう、石を布でくるみ、穀物袋のあいだにおしこんだ。

あわただしく朝飯をかきこむと、馬を荷馬車につなぎ、雪をかき分けて街道へ出た。旅商いの馬車が通ったせいで、雪の上にはすでに道がついており、歩みはずいぶん楽だった。正午には、カーヴァホールの村が見えてきた。

明るい日光のもと、田舎の小さな村は、にぎやかな呼び声や笑い声に包まれていた。旅商人たちは村はずれの空き地に野営している。馬車やテント、焚《た》き火などがあちこちに散らばり、白い雪が色とりどりに染まっている。とくに派手に飾り立てられた四はりのテントは、吟遊詩人たちのものだ。村と野営地のあいだには、絶え間ない人の流れが続いている。

村の大通りにかたまってならぶテントや露店は、とくに大勢の人でごったがえしていた。馬たちは、あまりの騒ぎに鼻を鳴らしている。地面の雪はかたくふみつけられているところも、焚き火でとけているところもある。ローストしたヘーゼルナッツが、あたりに芳しい香りをただよわせていた。

ギャロウは馬車をとめ、馬を杭《くい》につなぎ、小袋からコインを取り出した。「ほら、おまえたちにこづかいだ。ローラン、好きなところへ行ってこい。ただし、夕飯にはホーストの家にもどってくるんだぞ。エラゴンは、石をもっておれについてこい」エラゴンはローランににやりと笑ってみせ、もう使い道の決まっているコインをポケットにしまった。

ローランは覚悟を決めたように、さっとどこかへ消えていった。ギャロウはエラゴンを連れて、人だかりを肩でかき分けながら、ずんずん進んでいった。女たちが衣服を物色するそばで、男たちは新しい錠前、かけ金、工具などを選んでいる。村のこどもたちは楽しげに歓声をあげながら、露地を駆けまわっている。あちらに香辛料、こちらにナイフ類、革の馬具の横にはぴかぴかの鍋がならんでいる。

エラゴンは旅商人の一行を、不思議な思いで見つめていた。なぜか全体的に、去年よりさびしく感じられるのだ。こどもたちの、おびえるような、警戒するような表情、つぎのあたった服。男たちのやつれた顔、剣や短刀を帯びた見なれない姿。女たちでさえ、腰に短剣をくくりつけている。

いったいなにがあったんだろう？　それに、どうして今年はこんなに遅く着いたのか？　彼の覚えている旅商人たちは、いつも活気に満ちあふれていた。なのに、今年はそれがない。ギャロウは、マーロックという、珍品や宝石類にくわしい商人をさがして、道をおし進んでいった。

やがて、露店のなかにマーロックの姿を見つけた。むらがる女たちにブローチを見せているところだった。宝石をひとつ取り出すごとに、女たちから絶叫にも似た感嘆の声があがっている。あの分じゃ、空っぽになる財布はひとつやふたつじゃないな、とエラゴンは思った。売り物がちやほやされるたびに、彼のふところはどんどん暖かくなっていく。あごに長いひげをたくわえ、どこか世の中を見くだしたような、悠然とした雰囲気の男だった。

興奮する女客たちにはばまれ、ギャロウもエラゴンも店に近づくことができなかった。台に腰をおろして待つことしばし、客がとぎれたところで、すかさず駆けよった。

「お客さん方は、なにをおさがしで?」マーロックはたずねた。「ご婦人の装身具か、お守りかなにか?」旅商人はさっそうと手をふりながら、繊細な彫刻がほどこされた、みごとなバラの銀細工を取り出した。そのつややかな銀の光沢に、エラゴンの目は思わず釘《くぎ》づけになった。旅商人はたたみかける。「ベラトーナで評判の職工の作だが、三クラウンでおつりがきますぞ」

ギャロウが声を低くしていった。「おれたちは買い物に来たんじゃない。売りたい物があるんだ」マーロックは即座にバラにおおいをかぶせ、またべつの好奇心でふたりを見た。

「なるほど。値打ちいかんでは、ここにある極上の品物ひとつふたつと、交換できるかもしれませんな」旅商人は、エラゴンとギャロウが居心地悪そうにしているのを見て、言葉を継いだ。「その品物はおもちですかな?」

「もって来てる。だが、べつの場所で見せたいんだ」ギャロウが有無をいわせぬ口調でいった。

マーロックは眉をあげながらも、愛想よくいった。「ならば、わたしのテントにおまねきいたしましょう」彼は売り物をかき集め、鉄ばりの箱にそっとしまって、鍵をかけた。そして、ふたりをひきつれて通りを進み、野営地へと入っていった。馬車のあいだをうねうねとぬって、着いたところは、ほかの集団からひとつだけはなれたテントだった。上部が深紅で、下部が黒色、そのあいだに、色とりどりの細い三角模様が描かれている。マーロックは入口の垂れぶたをほどき、片側によせた。

テントのなかには、小さな手まわり品のほかに、丸いベッドや木の幹を彫ってつくった三脚の椅子など、風変わりな家具がならんでいた。白いクッションに鎮座しているのは、柄《つか》にルビーのうめこまれた短剣。なぜか刃が曲がりくねっている。

マーロックは垂れぶたを閉じて、ふたりにむき直った。「どうぞ、おかけくだされ」ふたりが椅子にかけると、彼はいった。「さて、内密の商談とは、いったいなんでしょうな?」エラゴンは石の包みを開き、ふたりの大人のあいだに置いた。マーロックは目を光らせ、石をつかみかけたが、ふと手をとめてたずねた。「さわってよろしいか?」ギャロウがうなずくと、マーロックは石を取りあげた。

彼は石をひざにのせ、かたわらの平たい箱に手をのばした。箱から出てきたのは銅製の天秤《てんびん》だ。それを地面に置くと、まずは石の重さをはかり、宝石鑑定用のルーペで表面を観察しはじめた。次に表面を木槌《きづち》でそっとたたき、透明の小さなとがった石でこすってみる。幅や直径をはかり、石盤に数字を書きつける。そしてマーロックは考えこんだ。「どれくらいの値のものか、ごぞんじで?」

「いいや」ギャロウはこたえた。頬をひきつらせ、椅子の上でそわそわと体を動かしている。

マーロックは顔をしかめた。「残念ながら、わたしにもわからない。いえることはたいしてないが、まず、この白い脈とほかの青い部分は、成分が同じでしょう。色がちがうだけだ。なんの成分かと問われても、わかりかねる。だが、今まで見たどんな石よりもかたい。ダイヤモンドよりもですぞ。これを成型した人間は、わたしの知らない道具を使ったか、あるいは——魔法でも使ったんでしょうな。それともうひとつ、なかは空洞になっておる」

「なんだって?」ギャロウが思わずさけんだ。

マーロックはいらだちのまじる声でいう。「こんな石が、世の中にあるとお思いか?」彼はクッションから短剣をつかみとり、刃のひらを石に打ちつけた。澄んだ音が響きわたり、すうっと消えていく。エラゴンは、石にキズがついたのではとあわてたが、マーロックはふたりに石をかたむけて見せた。「短剣を打ちつけても、キズひとつつかない。たとえハンマーでたたき割ろうとしても、びくともせんでしょう」

ギャロウは腕組みをして、口をつぐんでいる。まるで沈黙の壁をはりめぐらしてしまったかのようだ。エラゴンは困惑した。石がとつじょスパインに現れたのは、魔法の力だろうと感じていた。でも、つくったのも魔法の力なんだろうか? なぜ、なんのために? 彼は横から口を出した。「それで、値打ちはどれくらいなんですか?」

「なんともいえんのだよ」マーロックは申しわけなさそうにいった。「いくら払っても手に入れたいという輩《やから》はきっといるだろうが、カーヴァホールでは無理でしょうな。買い手をさがすには、南の町へ行かねばならん。たしかにめずらしい品ではあるが——生活に必要じゃない物に、このへんじゃ、だれも大枚をはたいたりしないでしょう」

ギャロウは、賭け率を計算するギャンブラーのように、天井を見つめた。「あんたは買ってくれるのか？」

商人は言下にこたえた。「あぶないことはしたくない。ひょっとしたら春の旅で、裕福な買い手を見つけられるかもしれんが、しかし、確実ではない。たとえうまく売れたとしても、来年もどってくるまで、あなたには金を払えませんよ。いや、やはり、だれかべつの人と取り引きなすったほうがいい。たしかに興味はあるんだが……ちなみに、なぜ内密にせねばならなかったのです？」

エラゴンはまず石をかたづけた。「それは……」マーロックをちらりと見て、この男もスローンのように急におこりだすのだろうかと思案する。「拾ったのがスパインだったから。この村の人たちは、あの山を嫌うんです」

マーロックの顔色が変わった。「今年、われわれ行商の到着が、なぜこんなにおくれたかごぞんじか？」

エラゴンは首をふった。

「今回の旅は、災いにとりつかれておりましてな。アラゲイジアという国は、混沌《こんとん》のまっただなかにいる。われわれも、病や戦いや、それ以上に呪わしい災厄をさけられなかった。それもこれもヴァーデンの攻撃が激しさを増したせいですよ。ガルバトリックスは配下の町々に、次々と兵役を強制している。国境でアーガルと戦わせるためです。怪物どもはハダラク砂漠へむけて、南東方面へ移動しているという。なぜなのか、だれも知らないし、そんなのは知ったことではない。問題なのは、連中が人の密集する地域をぬけようとしていることなのです。すでに道ばたや町のはずれで、アーガルの姿が目撃されている。なかでも最悪なのは、シェイドが現れたという情報ですよ。確証はありませんがね。やつと鉢合わせして、生きて帰れる人間はおらんでしょうから」

「そんな大事なこと、どうしてこの村に伝わってないんだろう?」エラゴンは声をあげた。

「それは」マーロックがけわしい顔でいう。「はじまったのが、ほんの二、三か月前のことだからだよ。住民たちは町や村を捨てて出ていっている。アーガルに田畑を破壊され、飢餓のおそれが出てきたからだ」

「でたらめだ」ギャロウがうなった。「アーガルなど、だれも見たやつはいない。唯一、見たことがあるとすれば、モーンの酒場に飾ってある角くらいなものだ」

マーロックが眉を丸くつりあげた。「まあ、そうでしょうな。ここは山にかこまれた小さな村だ、今まで気づかずにいるとしても、たいしておどろきませんよ。しかし、それがいつまでも続くとは思えない。わたしがこうやってお話ししたのは、この石をスパインで見つけたと聞いたからですよ。つまり、この村にも、奇怪なことが起こりはじめているという証拠だ」重々しい口調でそういうと、旅商人は頭をさげ、かすかな笑みを浮かべてふたりを送り出した。

ギャロウはエラゴンを連れて、来た道をもどりだした。

「伯父さんはどう思う？」エラゴンはたずねた。

「あちこちで情報を集めてからじゃないと、なんともいえんな。石を馬車にしまったら、好きなところへ行ってこい。夕飯のころ、ホーストの家で会おう」

エラゴンは人ごみをかき分け、うきうきとした気分で馬車へ駆けもどった。伯父さんの買い物はたっぷり時間がかかるから、そのあいだ、自由に楽しむことができるだろう。石を荷物の下におしこむと、彼は気どった足どりで、通りへくり出していった。

わずかな軍資金しかなかったが、彼は露店を一軒ずつのぞきながら、品物を値ぶみして歩いた。商人たちと話をするうちに、マーロックのいうとおり、アラゲイジアの混乱は本当なのだとわかってきた。だれにたずねても、同じ言葉がくり返された――去年のような安全は失われた、あらたな危機が次々と生じている、もはやどこにも平和はない。

しばらく歩きまわった末、エラゴンは麦芽飴《あめ》を三本と、できたてほやほやのチェリーパイを買った。雪のなかに長時間いたので、温かい食べ物はのどに心地よい。もっと食べたいと思いながら、シロップでべとつく指をおしむようになめ、ポーチに腰をおろし、飴をかじりはじめた。そばで村の少年がふたり、つかみあいをして遊んでいたが、仲間に入れてもらう気分ではなかった。

夕方近くになると、商人たちは村人の家々を訪ねて商売を続ける。エラゴンは夜が待ちどおしくてしかたなかった。夜は吟遊詩人たちがテントから現れ、物語を語ったり、手品を披露したりしてくれるからだ。エラゴンが好きなのは、魔法や神にまつわる話だ。もっと運がよければ、ドラゴンライダーの話が聞けるかもしれない。カーヴアホールにも――エラゴンの友だちで――ブロムという語り部がいるが、彼が語る話は時代とともに古くさくなっている。それにくらべ、吟遊詩人たちはいつも最新の話題を運んできてくれる。エラゴンが聞きたいのはそういう話だ。

たまたまポーチの裏にさがるつららを折ったとき、エラゴンは近くにスローンの姿を認めた。こちらに気づかれぬよう、身をかがめ、角を曲がってモーンの酒場へ飛びこんだ。

店のなかは暑く、獣脂ローソクのあぶらくさい煙が立ちこめていた。黒光りするアーガルの角が、扉の上につき出している。ねじれた角の全長は、エラゴンののばした腕ほどの長さだ。低いカウンターがのび、その片すみに客がひまつぶしに彫るための樽板《たるいた》が積んである。腕まくりをして働いている店主のモーンは、砥石《といし》車にあごをのせてきたかのように、顔の下半分がひしゃげている。がんじょうな樫《かし》のテーブルのまわりに客が集まり、その真ん中で、早めに店じまいをして一杯やりに来たふたりの旅商人が話をしていた。

モーンがジョッキをふく手をとめ、顔をあげた。「エラゴン！　よく来たな。ギャロウはどうした？」

「買い物してる」エラゴンは肩をすくめた。「まだしばらくかかりそうだよ」

「ローランもいっしょか？」モーンはたずね、ふきんを次のジョッキにつっこんだ。

「うん。今年は病気の動物がいないから、家に残らずにすんだんだ」

「そりゃあよかった」

エラゴンはふたりの旅商人をさした。「あの人たちは？」

「穀物の買いつけに来たのさ。村人たちの穀類を、冗談みたいな安値で買いとったんだ。今はあそこで、とんでもない与太を飛ばしてる。だれも信じるわけがないのにさ」

エラゴンには、モーンのいらだちの理由がわかった。いくら買いたたかれても、彼らには金がいる。それがないと、生きていけないからだ。「どんな与太なの？」

モーンはふんと鼻を鳴らした。「ヴァーデン軍がアーガルと結託して、大挙してこの村に攻めてくるんだとさ。ここがこんなに長く無事でいられたのは、ひとえにガルバトリックス王のおかげらしい。おれたちが焼けこげになったら、王さまが心配でもしてくれるみたいな言い方だ……まあ、行って聞いてこいよ。おれは、連中のほら話の説明をするほどひまじゃないからさ」

商人のひとりは太った男。体が動くたびに、椅子が抗議の悲鳴をあげている。顔には産毛一本なく、丸々とした手は、赤んぼうの肌のようにつるりとしている。細口のびんからビールを飲むたび、男のつき出した唇が、すねたように丸くなる。もうひとりの男は赤ら顔だ。あごのまわりの皮膚はかさかさで、でっぷりふくらんでいる。腐ったバターさながらの、かたい脂肪がつまっているようだ。首から上にくらべると、胴体は不自然なほどやせていた。

ひとりめの商人は、はみ出したぜい肉を椅子の上に引きもどそうと、ムダな努力をしながらいった。「いや、ちがう、あんたらはわかってない。こうやって能天気にわしらと口論していられるのは、王があんたらのために、たゆまぬ努力をしてくださってるからなんだ。もし王が、考えぬいた末、そうした尽力をやめてしまわれたら、あんたらには即、災いが降りかかるだろう！」

だれかが横から口をはさむ。「じゃあ、こういうのはどうだ？　ライダー族がよみがえり、おまえらみんながエルフを百人ずつ殺してきたって話は？　おれたちは、そんな作り話を信じるような、小僧っ子じゃないぞ。自分たちのことは自分で心配できるさ」まわりがクスクス笑った。

太った商人が反論しようとするのを、やせた連れが手をふってとめた。指の上でけばけばしい宝石が光る。「あんたらは考えちがいをしている。帝国は、あんたらの望むように、民の一人ひとりにまで気がまわるわけじゃない。それはわかっているさ。だが帝国のおかげで、アーガルのような邪悪な者どもに、荒らされずにすんでいるんだ――」彼は、適当な言葉をさがすような顔をした。「このあたりはな」

やせた商人は続けた。「あんたらは、帝国が民を公平にあつかわないといって、おこっている。それは当然の怒りだろう。だが、王はすべての民をよろこばせることはできないんだよ。もめごとや論争が生じるのはさけられない。しかし、われわれのような大多数は、それに対してなんの不満ももっていない。どんな国にも、権力のバランスに満足できない、小さな不平の族ってやつが、多少なりともいるものなのさ」

「へえ」ひとりの女がいった。「あんた、ヴァーデン軍が小さいってわけだ！」

太った商人がため息をついた。「ヴァーデン軍は、あんたらを助けることになんの興味もないんだよ、さっきもそういったはずだ。それこそ、反逆者たちによって伝えられてきたでまかせにすぎない。帝国を分裂させ、本物の脅威は帝国の外ではなく、内部にあるのだと、民に信じこませるためにね。ヴァーデンたちの望みは、王をたおし、われわれの帝国を乗っとること。侵略の準備のため、やつらは国じゅうに密偵を送りこんでいる。どこにやつらの手先がひそんでいるか、だれにもわからないんだよ」

旅商人たちの流暢《りゅうちょう》な説明に、ほかの客たちはうなずきはじめているが、エラゴンには納得がいかない。思わず前へ出しゃばって、口出しをした。「どうしてそんなことがわかるんですか？　ぼくだって、雲は緑色だっていえる。本当のことじゃなくたってね。今の話が嘘《うそ》じゃないって証明できるんですか？」ふたりの商人はエラゴンをにらみつけ、かたや村人たちはしんとして答えを待っている。

先に口を開いたのは、やせた商人だった。彼はエラゴンから視線をそらした。「このへんの子は、礼儀ってものを教わっていないのか？　それとも、いつでも好きなように、大人に食ってかかっていいことになってるのか？」

村人たちがもぞもぞと落ち着かなげにエラゴンを見る。やがて、ひとりがいった。

「いいからこたえろよ」

「こたえるまでもない。それが常識なんだよ」太った商人がいった。上唇に汗の粒が浮いている。彼の答えは村人たちをおこらせ、また論争のぶり返しとなった。

エラゴンは口のなかに酸っぱい味を感じながら、カウンターにもどった。帝国をほめたたえ、その敵対者を中傷する人間になど、今まで会ったことがなかった。カーヴァホールには、ほとんど遺伝といっていいくらいに、帝国への憎しみが根づいているのだ。飢餓寸前にまで追いこまれた苦難の時代、王は救いの手をさしのべてくれないばかりか、容赦ない税の取り立てで彼らを苦しめた。王を支持する商人たちに異をとなえたのは、正しいことだとエラゴンは思う。しかし、よくわからないのは、ヴァーデンのことだった。

ヴァーデンは、つねに帝国に刃向かい、攻撃をしかけてきた反乱者の集団である。そのリーダーがだれなのか、また、一世紀以上前、ガルバトリックスが王座にのしあがったとき、数年でその反乱軍を結成したのはだれなのか、いずれも謎とされている。ガルバトリックス王の征圧の手をのがれるたびに、ヴァーデンたちは民の共感を得るようになった。くわしいことはほとんど知られていないが、ヴァーデンは逃げ場所をもとめる者や、帝国を憎む者の味方だといわれている。ひとつ問題なのは、彼らの居場所がわからないということだ。

モーンが身を乗り出して、ささやいた。「あきれた連中だろ？　死にかけた動物の上を旋回するハゲタカよりまだ悪い。このまま行くと、ただじゃすまないぞ」

「ぼくらが？　あいつらが？」

「あいつらだよ」モーンはいった。酒場には怒声が響きわたっている。エラゴンは口論がつかみ合いになりかけたところで、店を出ることにした。うしろ手に扉をしめ、店内の喧騒《けんそう》を遮断した。外はたそがれどき、太陽がみるみるうちにしずんでいく。地面には家々の影が長くのびている。通りを歩いていると、路地にたたずむローランとカトリーナの姿を見つけた。

言葉は聞きとれないが、ローランが彼女になにか話しかけている。カトリーナが自分の手を見おろし、小声でなにかこたえる。ふいに彼女がつま先立ちになり、ローランにキスをして、さっと駆けだしていった。エラゴンはローランに小走りで近づき、冷やかした。「楽しんだかい？」ローランはぶつぶつあいまいにこたえながら、速足で歩きだした。

「旅商人たちの話を聞いた？」エラゴンはあとを追いつつたずねた。通りにはもう、村人たちの姿はほとんどない。家にもどって商人たちと商談を続けたり、吟遊詩人たちの現れる時刻を待ったりしているのだろう。

「聞いたよ」ローランは気もそぞろのようだ。「おまえ、スローンをどう思う」
「きかなくてもわかってると思うけど」
「おれとカトリーナのことが知れたら、きっと血を見るだろうな」ローランはいう。
雪がふわりと鼻をかすめ、エラゴンは顔をあげた。空は灰色に変わっている。どうこたえていいのかわからなかった。ローランのいうとおりだからだ。エラゴンは従兄の肩を抱いて、裏道を歩いていった。

ホーストの家の夕食は、なごやかなものだった。部屋は楽しい会話と笑いに満ち、あまいコーディアルや強いビールがふるまわれるごとに、にぎやかさはどんどん増していった。皿がすっかり空になると、客たちはホーストの家を出て、旅商人たちの野営する空き地へ、ぶらぶらとくり出していった。

広い空き地は、ローソクをのせた杭《くい》でぐるりとかこまれていた。正面にはかがり火が焚《た》かれ、地面に絵のような影を躍らせている。そのまわりに村人たちがじわじわと集まってきて、寒空のもと、余興がはじまるのを今や遅しと待っている。

飾りぶさつきの衣装をまとった吟遊詩人たち、続いて、彼らより年配で風格のある吟遊楽人たちが、テントから飛び出してきた。楽人たちが楽器を奏で、物語を誦《しょう》する横で、若い詩人たちがそれに合わせて芝居する。道化、おふざけ、猥談《わいだん》、バカ話――最初の出し物は、あたりさわりのない娯楽ものだった。やがて、燭台《しょくだい》の上でローソクがプップツ音を立て、人々が身をよせ合って輪を縮めだすころ、年老いた語り部、ブロムが輪のなかに現れた。胸の上でなびく白いぼさぼさのあごひげ。丸めた肩にはおる長い黒ケープが、体形をおおいかくしている。ブロムは鉤爪《かぎづめ》のような手をひろげ、語りはじめた。

「時間の砂はとまることがない。好むと好まざるとにかかわらず、歳月はすぎる……しかし、われわれはそれを記憶にとめおくことができる。失ったものは、おのおのの記憶のなかでなおも生き続ける。たとえこれから耳にすることが、ばらばらで形を成していなかったとしても、しっかりと心にとめおくのだ。諸君がおらんことには、成り立たぬ話だからのう。これは、はるか記憶のかなたに遠ざかり、夢幻の霞におおわれてしまった物語なのじゃ」

ブロムの鋭い目が、観衆の顔色をうかがう。最後にその視線が、エラゴンの上でひたととまった。

「諸君の曾祖父が生まれる前、いや、そのまた父君が生まれる以前、ドラゴンライダー族が形成された。彼らの使命は、国の守りをかためること。一族は数千年ものあいだ栄えた。彼らは卓越した武力を誇っておった。なにしろ、それぞれが人間十人分の力をもっておったからな。剣や毒で命をとられぬかぎり、永遠に死ぬことはない。その巨大な力は善のみのためにあった。彼らの保護のもと、自然岩で高い塔や都市が次々ときずかれた。ライダーたちのおかげで平和が守られ、国は栄華をきわめた。黄金の時代じゃった。あのころ、エルフ族はわれわれの味方であり、ドワーフ族は友人じゃった。国じゅうに富が流れこみ、人々は豊かに暮らしておった。が、悲しくも……それは永遠には続かなかった」

ブロムが静かに目をふせる。その声は、深い悲しみを帯びていた。

「いかなる外敵も彼らをたおせぬとはいえ、内輪の敵から身を守る術《すべ》はなかったのじゃ。ライダー族の力が絶頂に達したころ、インジベスという、今はもうなき田舎町で、ひとりの男の子が生まれた。名前はガルバトリックス。十歳になると、ガルバトリックス少年は慣習にのっとって試験を受け、そのすばらしい才能を認められた。ライダー族は、少年を仲間として受け入れた。

修行を受けるにしたがい、ガルバトリックスの技量は、仲間たちをどんどん上まわっていった。鋭い知能と強靭《きょうじん》な肉体で、ライダー族における地位を一気に駆けのぼった。彼のあまりに早い昇進に不安を覚え、警告を発する者もおったが、ライダー族は自分たちの力におごるあまり、聞く耳をもたなかった。そう、不幸はそのときすでにはじまっておったのじゃ。

修行を終えた直後、ガルバトリックスはふたりの友人をともなって、無謀な旅に出かけた。はるか北方へ、昼夜を分かたず飛び続け、なんとアーガルの巣くう領域にふみこんだ。おのれの得た新しい力をもってすれば、この世にこわいものなどないと思ったのじゃな。夏でも厚い氷のとけぬその地で、彼らは寝こみをおそわれた。友人とそのドラゴンはまたたく間に殺され、ガルバトリックスも深手を負った。が、それでもなんとかひとりで、怪物たちをひとり残らずかたづけた。いたましいことに、その戦いのさなか、流れ矢が彼のドラゴンの心臓をつらぬいた。なす術もなく、ドラゴンは彼の腕のなかで息絶えた。そのとき、ついに狂気の種はまかれたのじゃ」

語り部は両手を組み、周囲をゆっくり見まわした。疲れた顔に、影が映ってゆれている。

次の言葉は、死者を弔う鐘のように悲しげに響いた。

「力を使いつくし、喪失感で気もくるわんばかりのガルバトリックスは、ただひとり死をもとめて、荒廃の地をさまよい歩いた。なんの警戒もなく、あまたの生き物に身をさらけ出してな。本人はそんなことも考えられんようになっておった。アーガルやら怪物どものほうが、彼の亡霊のようなありさまを見て、逃げ出してしまったのじゃ。

歩いているうち、ガルバトリックスは気づいた。ライダー族は、自分に新しいドラゴンを授けてくれるはずだと。ひたすらこの思いにつき動かされ、彼はスパインをぬける困難な旅を、徒歩でもどりはじめた。ドラゴンの背に乗って、いともかんたんに天翔《あまが》けた山脈地帯を、数か月もかけてもどったのじゃ。ライダーなら、魔法を使えば、狩りで飢えをしのぐことくらいできようが、獲物のいない場所ばかり通ったらしい。山をおりるころ、彼は餓死寸前だったという。ぬかるみにたおれているのを、通りかかった農民が見つけ、ライダー族に知らせた。

意識のないまま、ガルバトリックスはライダーたちの居所に運ばれた。四日間眠り続け、体はどうにか回復した。目覚めたときには、もう熱に浮かされた様子はなかったという。やがて彼を裁くための査問会が開かれた。そこでガルバトリックスは、新しいドラゴンをくれと、必死の形相でうったえた。査問会の面々はそのとき初めて、ガルバトリックスの異常さに気づいた。やつの真の姿を知ったのじゃ。

　要求をはねつけられたガルバトリックスは、狂気というゆがんだ鏡でしか、ものごとを見られなくなっておった。おのれのドラゴンが死んだのは、ライダー族のせいだと思うようになったのじゃ。その思いにとりつかれ、復讐《ふくしゅう》の計画を立てはじめた」

　ブロムのささやきは催眠術のように響いた。

「ガルバトリックスはやがて自分の仲間となるライダーを見つけた。たくみな話術と、シェイドから教わった秘密の魔法で、目上のライダーたちへの怒りをその共犯者に植えつけたのじゃ。そしてそいつと共謀し、長老をおびき出して亡き者にした。凶行のあと、やつは共犯者におそいかかり、ものもいわずに殺害した。ほかのライダーたちは、血まみれの手で立っているガルバトリックスを見つけたが、やつはくるったような絶叫を残し、夜の闇に消えていった。狂気に駆られているとはいえ、頭のいいやつだ。ライダーたちは、逃げたガルバトリックスを見つけることができなかった。

　それから何年も、ガルバトリックスは追われる獲物のように、ライダー族の追跡をのがれ、ほうぼうの荒れ地にかくれ住んだ。あの残虐な行為が忘れ去られることはなかったが、ときがたつうち、ライダーたちはやつをさがさなくなった。

なんの因縁か、やがてあるとき、ガルバトリックスはモーザンという若いライダーとめぐり会った。体はがんじょうだが、心の弱い男じゃった。モーザンはガルバトリックスに、イリレア城の門の鍵をこっそりあけておくようにとたのまれた。今は、ウルベーンと呼ばれておる場所じゃ。ガルバトリックスはそこから城に忍びこみ、生まれたばかりのドラゴンをまんまと盗み出した。

ガルバトリックスはモーザンとふたり、ライダー族がけっして足をふみ入れぬ邪悪な土地へと逃げこんだ。そこでモーザンはガルバトリックスの弟子となり、禁じられた魔法のすべてを教えこまれた。下々のライダーには、ぜったいに明かされてはならぬ極秘の術だ。モーザンが魔法を身につけたころ、ガルバトリックスの盗んだ黒ドラゴン、シュルーカンは成竜になっていた。そしてガルバトリックスはモーザンをしたがえ、人々の前に舞いもどってきた。ふたりは出会うライダーをかたっぱしから殺し、殺すたびに、その力を増していった。

そうするうち、十二人のライダーがガルバトリックスの側に寝返った。力への欲望と、自分らを軽視した者たちへの復讐心《ふくしゅうしん》だな。この十二人にモーザンを加えた十三人が、〈裏切り者たち〉となって、残るライダー族を全滅させるべく猛攻をかけた。不意をつかれたライダーたちは、なす術《すべ》もなく皆殺しにあった。エルフ族も傷つきながら戦ったが、力およばず、ガルバトリックスに土地を追われた。以来どこに身をひそめているのか、エルフたちの姿を見た者はおらん。

ただひとりだけ、ガルバトリックスに抵抗できる者がおった。ライダー族の長、ヴレイルじゃ。この老練のライダーは、残されたドラゴンの卵を敵の手から守るべく、孤軍奮闘、必死で戦った。そしてドル・アリーバの門前で、ヴレイルはついにガルバトリックスをおさえこんだ。ところが最後の一瞬、彼はとどめをさすのをためらった。そのすきに、ガルバトリックスは猛反撃に出た。結局、ヴレイルはぼろぼろに傷ついた体でウトガード山中に逃げこんだ。そこで傷が癒えるのを待とうとしたのじゃのう。しかし、傷が癒えることはなかった。ガルバトリックスに見つけられてな。ガルバトリックスはヴレイルにおそいかかるなり、いきなり股間をけりつけた。この卑怯《ひきょう》な一撃のあと、彼の頭を刀剣で切り落としたのじゃ。

ガルバトリックスはついに強大な力を手に入れ、アラゲイジア帝国の王におさまった。

以来、今日この日まで、あの男がわしらを支配しておる」

語り終わると、ブロムは吟遊詩人たちとともに、足を引きずるように去っていった。エラゴンには、彼の頬に涙が光って見えた。聴衆たちはひそひそ声で話しながら、三々五々に散っていく。ギャロウがエラゴンとローランにいった。「おまえたちは運がいい。おれでさえ、この話を聞いたのはたったの二度めだ。今夜のことを帝国が知ったら、ブロムを生かしてはおかないだろうな」

04

授かり物

カーヴァホールからもどった日の晩、エラゴンはマーロックにならって、石を自分なりに調べてみることにした。部屋でひとり、石をベッドにのせ、その横に三種類の道具を用意した。まずは木槌《きづち》で石を軽くたたいてみる。カツカツと静かな音。うなずいて、今度は大きめのハンマーで打った。やや高い音がものさびしく響いた。最後は、小ぶりのノミを打ちつけてみた。表面にはやはりキズひとつつかないが、いちばんはっきりした音を響かせた。最後の残響が消えるとき、ほんのかすかに、ミシッという音を聞いたような気がした。

マーロックは、この石が空洞だといっていた。すると、なかに、なにか貴重なものが入っているのだろうか。だとしても、どうやってあければいいのかわからない。とにかく、石をこんな形にしたのは、それなりの理由があったからに決まっている。スパインにこの石を送りこんだ人は、なにか事情があって引き取りに来られないか、ひょっとして、どこに送ったのか自分でもわからないのだろうか。いや、石を瞬間移動させられるような力をもつ魔術師に、それを見つけられないなんてことはありえない。ということは、このままぼくがもっていろということなのか？　いくら考えても、答えがわからなかった。エラゴンは謎解きをあきらめ、道具をかたづけて石を棚にもどした。

深夜、彼ははっとして眠りから覚めた。じっと耳を澄ましてみた。しんとしている。不安になり、マットレスの下からナイフをさぐり出した。そのまま数分間様子をうかがってから、おずおずと眠りにもどった。

甲高い音が静けさをやぶった。エラゴンははね起きて、ベッドからころげおり、ナイフを鞘《さや》から引きぬいた。火口箱《ほくちばこ》を手でさぐり、ローソクに火をつけた。部屋の扉はしまっている。ネズミがあんなに大きな声で鳴くはずはないが、それでも、いちおうベッドの下をたしかめてみる。なにもいない。マットレスのはしにすわり、眠い目をこすった。またしても甲高い音。彼はぎょっとして飛びあがった。

どこから聞こえたんだ？　床下や壁のむこうには、なにも入りこむはずがない。板はかたくてがんじょうな木材でできているのだ。ベッドもちがう。寝ているあいだに、藁《わら》のマットになにかが忍びこめば、いくらなんでも気づくはずだ。ふと、石に目がとまった。彼は石を棚からとりあげ、ぼんやりと抱きかかえたまま、部屋のなかに目をこらした。甲高い音が響いた。指の下からだ。それは石の発する音だった。

欲求不満といらだちのもとでしかない石が、そのうえさらに、人の眠りまでさまたげようというのか！　とがめるような彼の視線をよそに、石は微動だにせず、ときおりピーピーと音を発している。そしてもう一度、特別甲高い音を発して、それきり静かになった。エラゴンは石をそっと棚にもどし、ふとんのなかにもぐりこんだ。石にどんな秘密がかくされているにしろ、明日の朝まで待つしかないだろう。

ふたたび起こされたとき、月の光が部屋のなかをぼんやりと照らしていた。石は棚の上で、壁にぶつかりながらガタガタと動いていた。冷たい月明かりを浴びて、表面が白く光っている。エラゴンはナイフをつかんでベッドから飛び出した。石の動きがとまっても、気をはりつめたまま待った。やがてとつぜん、石は奇声を発しながら、さっきよりも激しく動きだした。

エラゴンは悪態をつき、服を着こんだ。どんなに貴重な石だろうと、もう知ったことではない。どこかへもっていって、土のなかに埋めてしまおう。ふいにゆれがとまり、石が静かになった。と、今度は小刻みにふるえだし、ころがって、床にドスンと落下した。そのままよろよろと彼のほうへころがってくる。エラゴンは危険を感じて扉のほうへあとずさった。

とつじょ、石に一本、亀裂が入った。一本、またもう一本。エラゴンはナイフをにぎったまま、すいよせられるように身を乗り出した。石のてっぺんで何本もの亀裂が出会い、一部分がためらうようにカタカタと動きだした。そのひとかけらが浮きあがり、床にぽとりと落ちた。いくたびかの奇声を響かせたあと、やがて石のてっぺんにあいた穴から黒っぽい小さな頭が、続いて不自然にねじ曲がった体が現れた。エラゴンはナイフをがっちりとにぎりしめ、身じろぎもせずに見守った。まもなく、その生き物は体をすべて石の外に出した。そして、一瞬その場にとどまってから、月明かりのもとへとすべり出た。

エラゴンはぎょっとして飛びのいた。彼の目の前で、体の粘膜をなめてとっているのは、ドラゴンだった。

05

目覚め

ドラゴンの体長はエラゴンの腕ほどもないくらいだが、その姿は堂々として、気品さえ感じられる。表皮の鱗《うろこ》は濃いサファイアブルー。石と同じ色、いや、石ではなく卵だったのだと今ようやくわかった。ドラゴンは翼をひろげた。体がねじ曲がって見えたのは、翼のせいだったのだ。翼は胴体より数倍長く、骨格は細い指のよう。骨はつけ根から縁へとのび、先端で鉤爪《かぎづめ》状になってならんでいる。頭はほぼ逆三角形。上あごから、見るからに鋭そうな白い小さな牙が、にょきっとつき出している。鉤爪もまたみがいた象牙のように白く、湾曲したその内側が、こまかいのこぎり状になっている。後頭部から尾の先にかけて、背中に小さなとげのようなものがならんでいる。首と肩のあいだのくぼみは、とげの間隔がやや広い。

エラゴンが体を動かすと、ドラゴンの顔がくるりとこちらをむいた。淡青色《たんせいしょく》の鋭い目が、エラゴンをひたと見すえた。彼は身動きができなくなった。いくら小さくても、おそいかかられたら太刀打ちできそうにない。

エラゴンをにらむのに飽きると、ドラゴンは部屋のなかを探険しはじめた。よたよたとぎこちなく歩き、壁や家具にぶつかっては奇声をあげている。翼をバサリと羽ばたかせてベッドに飛び乗り、枕のほうへ近づいてまた奇声をあげる。雛《ひな》のように口をあけると、とがった歯がずらりとのぞいた。エラゴンはベッドのはしにそっと腰をおろした。ドラゴンは彼の手のにおいを嗅ぎ、袖口にかじりつく。エラゴンは思わず腕を引っこめた。

その小さな生き物を見ているうちに、エラゴンは自然と笑みを浮かべていた。ためらうように右手をさし出し、わき腹に触れてみる。と、氷のように冷たい衝撃が掌におそいかかった。腕のなかを血液が煮えたぎるような感覚が走りぬける。エラゴンはギャッとさけんでしりもちをついた。耳の奥で鉄のはじけあう音が響き、怒りに満ちた静かなさけびが聞こえてくる。全身に焼けつくような痛み。動こうとしても動けない。数時間とも思えるときがすぎ、ようやく四肢に体温がもどってきた。だが、かすかなうずきは残っている。ふるえながらなんとか体を起こした。手はしびれ、指に感覚がない。おそるおそる目をやると、掌の中央が楕円《だえん》を描くように、白くちらちらと光っている。毒グモに噛《か》まれたように、ズキズキ痛い。心臓がくるったように打っていた。

エラゴンはまばたきをして、自分の身に起きたことを冷静に考えようとした。その意識の上を、指先で皮膚をなでるかのようになにかがかすめていった。もう一度。しかし二度めのそれは、巻きひげのように意識にかたくからみついてくる。エラゴンはそれが発する強い好奇心を感じた。彼の心は今、意識をとりかこむ見えない壁をはずされたかのように、どこへでもただよっていける状態にある。なんとか引きもどさなければ、心は体からはなれ、二度ともどれなくなり、永遠に虚空をただようことになりそうな気がする。彼は恐怖に駆られ、巻きひげからはなれた。と、その未知なる感覚は、目を閉じるかのごとく消えた。エラゴンは、動かないドラゴンを、けげんそうににらんだ。

ふいに、鱗《うろこ》でおおわれた足が彼のわき腹をかすめた。エラゴンはとっさに身を引いた。だが、さっきのような衝撃は感じない。とまどいながらも、もう一度右手で、ドラゴンの頭をなでてみる。軽いうずきが右腕に走った。幼竜はネコのように背中を丸め、彼に鼻をすりよせてくる。エラゴンは翼のうすい膜を指でそっとさわってみた。古い羊皮紙の手ざわりだ。なめらかで温かく、まだかすかに湿っている。翼一面に、無数の細い血管が脈打っているのが見えた。

ふたたび、巻きひげがエラゴンの心に接触してきた。だが今度は、そこに感じるのは好奇心ではなく、とてつもない食欲だった。彼はため息をついて立ちあがった。このいつは危険な生き物だ。それだけはまちがいない。けれど、ベッドの上に這《は》いつくばる姿は、ひどくたよりなげにも見える。うちに置いてやるのはまずいだろうか？ ドラゴンは腹をすかせ、弱々しい鳴き声をあげている。エラゴンは、幼竜をなだめるように頭をなでた。まあ、それはあとで考えることにするか。彼は部屋を出て、注意深く扉をしめた。

干し肉を二枚もって部屋にもどると、ドラゴンは窓の桟にすわり、月を見あげていた。エラゴンは肉を小さく四角にちぎり、一枚を口のほうへ近づけてやった。ドラゴンは用心深げににおいを嗅いだあと、ヘビのように頭をつき出し、干し肉をひったくり、頭をふりあげる独特な動きで肉片を丸のみした。そして、すぐにまたおかわりをねだって、エラゴンの手をつついてきた。

エラゴンは自分の指を嚙《か》まれないよう気をつけながら、干し肉を次々とあたえた。残りひと切れになるころ、ドラゴンの腹はぱんぱんにふくらんでいた。さし出された最後の干し肉を見て、ドラゴンは一瞬ためらってから、めんどうくさそうにかじりついた。すべて食べつくすと、エラゴンの腕を這《は》いのぼり、胸によりそって丸くなった。ほどなく、荒い鼻息が聞こえてきた。鼻孔から黒っぽい煙がフーッフーッとふきあがっている。エラゴンはその様子を、不思議な思いで見つめていた。

ドラゴンは完全に眠ったようだ。のどが振動し、そこからうなりにも似た低い音がもれている。エラゴンは幼竜をベッドに運び、枕の横に寝かせてやった。ドラゴンは目を閉じたまま、ベッドの支柱にしっぽを巻きつけ、心地よさそうにしている。エラゴンはそのとなりに体を横たえ、暗がりで手の具合をたしかめてみた。

エラゴンは今、苦しい選択をせまられていた。ドラゴンを育てるということは、すなわちライダーになれるということだ。ライダーになれば、彼もまた、人々のあいだで語り継がれるライダー族の神話や伝説の一部になるということなのだ。しかし、もしドラゴンが見つかったら、帝国は彼や家族を生かしてはおかないだろう。エラゴンが王の僕《しもべ》にでもならなければ。彼らを救える者は、いや、救おうとする者などいないのだ。いちばんかんたんなのは、ドラゴンを殺してしまうこと。しかしそんなおぞましいことは、考える気にもならない。彼にとってドラゴンとは、崇敬に値する存在なのだ。そもそも、こんなへんぴな場所で人目も引かず暮らしている者のことが、どうして帝国の耳にまでとどくだろう？

残る問題は、ギャロウとローランをどうやって説得するかということだった。ふたりとも、ドラゴンなどそばに置きたがるわけがない。じゃあ、どこか秘密の場所で育てようか。一、二か月もすれば、大きくなりすぎて、伯父さんだって追い出すこともできなくなる。でも伯父さんはそれで、納得してくれるだろうか？それに、かくしているあいだ、たくさんの餌をどうやって調達すればいい？今だって子ネコより小さいくらいなのに、あれだけの干し肉を全部たいらげてしまった！そのうち、自分で獲物をとってくるようになるだろうけど、それはいったいいつなんだ？寒い野外でこごえ死んだりしないだろうか？それでもやはり、彼はドラゴンを自分のものにしたいと思った。考えれば考えるほど、その気持ちが強くなった。ギャロウがなんといおうと、ドラゴンを全力で守りたかった。決心がつくと、エラゴンは幼竜を抱いたまま眠りに落ちていった。

夜があけた。ドラゴンは朝を知らせる古代の歩哨《ほしょう》のように、ベッドの支柱の上にすわっていた。エラゴンはその表皮の色に、思わず息をのんだ。これほど明るい鮮烈な青を、今まで見たことがない。鱗《うろこ》はまるで、宝石の原石をちりばめたかのようだ。ふと自分の掌に気づいた。ゆうべドラゴンに触れたところが、銀色の光沢を放っている。手をよごすかどうかして、目立たなくするしかなさそうだ。

ドラゴンは支柱からおり、床をすべるように近づいてきた。エラゴンはそれを慎重に抱きあげ、肉と革ひもと防寒用のぼろ布をもてるだけもって、静まりかえった家を出た。農場は一面、新雪におおわれ、さわやかな朝の美しい景色がひろがっている。幼竜はエラゴンの腕にすっぽり抱かれ、あたりをめずらしそうに見まわしている。彼はその姿に顔をほころばせた。足早に畑を横切り、ドラゴンが安全でいられる場所をもとめ、うす暗い森へと入っていった。やがて、小さな丘の上にぽつんと立つナナカマドの木を見つけた。枝先に雪をかぶったその木は、灰色の指を空につき出しているかのようだ。彼はドラゴンを木の根もとに置き、革ひもを地面にひろげた。

革で手ぎわよく縄を編み、雪のかたまりでじゃれるドラゴンの首に、するりと引っかけた。革はすり切れているが、切れることはないだろう。しかし、雪の上を這《は》いまわるドラゴンをながめているうちに、もしかしたら縄で首がしまるかもしれないと気づいた。すぐに首の縄をほどき、足用のハーネスにつくりかえた。そして両手にいっぱい枝を集めてきて、即席の小屋をつくり、高い枝にすえつけた。小屋のなかには、もってきたぼろ布を重ね、肉を入れてやった。木がゆれて枝の雪が顔に降りかかった。最後に、小屋の入り口に寒さよけの布をたらしてやった。彼は完成した小屋を満足げにながめた。

「さあ、おまえの家ができたぞ」彼はドラゴンを枝の上にのせてやった。幼竜は逃げようと身をよじらせ、小屋のなかへもぐりこんでいった。そして肉を一枚たいらげ、丸くなって、とまどうように目をぱちくりさせた。「ここにいれば安全だからな」エラゴンはいった。ドラゴンがまた目をしばたたかせる。

ドラゴンに、言葉など理解できるわけがない。エラゴンは心のなかで手をのばし、なんとかドラゴンの意識にたどり着こうとした。するとまたあの、むき出しの空間に放り出されたような感覚がおそってきた。その空間があまりにも広すぎて、その重みでおしつぶされてしまいそうになる。彼はけんめいに精神を集中させ、ドラゴンにむかって思いを伝えようとした。

〔ここを出ちゃいけないよ〕

ドラゴンは動くのをやめ、聞き返すかのように首をかしげている。エラゴンはさらに強く念じた。

〔ここにいろ〕

わかったという、ためらうような返事が、うっすらと伝わってきたように感じた。だが、たしかではない。結局はただの動物だものな。ドラゴンの意識から遠ざかると、自分の心に包みこまれるような安心感がもどってきた。

エラゴンはうしろを何度もふり返りながら、ナナカマドの木をあとにした。ドラゴンは小屋から顔を出し、大きな目で、立ち去る彼の姿を見つめていた。

エラゴンは急いで家に帰り、こっそり部屋にもどって卵の殻を処分した。ギャロウとローランは、石がなくなったことに気づきもしないだろう――売り物にならないと知ったとたん、石のことなど頭から消えてしまったはずだ。朝、顔を合わせたとき、ローランが、夜中に変な音を聞いたといいだしたが、さいわいそれ以上追求されることはなかった。

気が高ぶっているせいで、一日があっという間にすぎた。掌の跡はかんたんにかくせるので、案じる必要はなかった。やがて日を置かず、エラゴンは室《むろ》からくすねたソーセージをもって、森へ出かけていった。不安な思いで、ナナカマドの木に近づいていった。こんな冬に、外にいてだいじょうぶだっただろうか？

だが心配にはおよばなかった。ドラゴンは枝にとまり、前足を使ってなにかを必死で噛《か》み切ろうとしている。エラゴンの姿を見つけると、うれしそうに奇声をあげた。ドラゴンが木の上にいてくれてよかった。猛獣の餌食にならずにすんで、彼は心底ほっとした。ソーセージを根もとに置いてやると、幼竜はすぐに木をすべりおりてきた。ドラゴンが餌を貪っているあいだに、小屋のなかをのぞいてみた。置いていった肉はすっかりなくなり、小屋に異状はない。ただ、床におびただしい羽毛が散らばっている。よかった。こいつ、自分で獲物をしとめられるんだ。

彼はふと、ドラゴンの性別を知らなかったことに気づいた。いやがって鳴くのもかまわず、ドラゴンをもちあげてひっくり返してみた。だが、とくに見分けがつきそうなものはついていない。そうかんたんに教えてなるものかってわけか。

その日は一日じゅう、ドラゴンとすごした。縄をほどき、肩の上にのせ、森のなかを散策に出かけた。雪をかぶった木々が、荘厳な大聖堂の柱のように彼らを見おろしていた。彼はドラゴンに、森のいろいろなことを話して聞かせた。意味がわかってもらえなくてもかまわなかった。ただ同じ時間を分かちあえるだけでよかった。エラゴンは一心に話し続け、ドラゴンはきらきらした目で彼の顔をのぞきこみ、ひとつひとつの言葉に聞き入っていた。途中、腰をおろしてひと休みすると、ここ数日に起きたことがいまだに信じられず、エラゴンは自分の腕にすわるドラゴンを感嘆の思いで見つめた。

日が暮れて家路につくとき、あざやかな青い目が、置いてきぼりにするなとうったえているのを背中にひしひしと感じた。

その夜は、無防備なドラゴンにどんな危険が降りかかるだろうと思うと、心配で眠れなくなった。とくに吹雪と、ほかの動物が心配だった。ようやく眠っても、キツネや黒いオオカミの獰猛《どうもう》な牙が、ドラゴンを八つ裂きにする夢を見た。

夜明けとともに、エラゴンは餌をもって家を出た。さらなる寒さにそなえ、ぼろ布も持参した。ドラゴンは無事起き出して、梢《こずえ》で日の出をながめていた。エラゴンはその姿を見るなり、ありとあらゆる神に感謝したくなった。

ドラゴンは木をおりて彼に駆けより、飛びのって腕のなかで丸くなった。寒がってはいないが、おびえているようだった。鼻孔から黒っぽい煙がフーッとふき出された。エラゴンはその頭をなで、やさしくなだめながら、ナナカマドにもたれてすわった。ドラゴンはエラゴンの上着に顔をうずめ、じっと動かずにいた。やがて腕のなかから這《は》い出ると、彼の肩にのぼった。彼はドラゴンに餌を食べさせ、もってきた布を小屋のまわりに巻いてやった。それからしばらくいっしょに遊んだが、あっという間に帰る時間になった。

こうして、ドラゴンとの生活がはじまった。朝起きると、まずナナカマドの木へ直行し、ドラゴンに朝飯を食べさせ、急いで農場へもどる。日中は、黙々と家の仕事をこなし、ひととおり終えると、またドラゴンのもとへ飛んでいく。ギャロウやローランがそんな行動をいぶかしみ、なぜ外でばかりすごすのかとたずねてきた。エラゴンは肩をすくめるしかなかった。以来、森へ行くときは、あとをつけられていないか、うしろをたしかめるようになった。

最初の数日がすぎると、ドラゴンの身を案じる必要はなくなった。その成長ぶりは目をみはるばかりで、遠からず、たいていの危険には対処できるようになりそうだった。最初の一週間で体長は倍になり、それから四日ほどで、エラゴンのひざの高さまでになった。もはや樹上の小屋にはおさまりきらず、隠れ家は地面につくるしかなくなった。エラゴンはそれを、三日がかりで完成させた。

二週間もたつと、旺盛な食欲を満たすため、縄をほどいておくしかなくなった。最初の日、ドラゴンは帰ろうとするエラゴンのあとを追ってきた。おしとどめるには、心のなかで念じるしかなかった。あと追いをするたびに、心のなかでそれをくり返し、やがてドラゴンは、家やほかの人間たちに近づいてはいけないということを学んだ。

もうひとつ、ドラゴンには、狩りはスパインでしなければならないということを覚えさせた。スパイン山中なら、人目につく可能性は低い。それに、もしもパランカー谷で野生動物がへれば、農夫たちに気づかれるおそれがある。ドラゴンが遠いスパインまで飛んでいっているときは、安心である半面、落ち着かない気持ちだった。

ドラゴンとの心のなかの交信は、日を追って増していった。たとえ言葉が理解できなくても、ドラゴンとはイメージや感情でわかり合うことができる。だが、それらは曖昧すぎて、まちがえることもしばしばだった。

心のとどく範囲は、急速にひろがっていった。ほどなくエラゴンは、十五キロ以内ならどこにいても、ドラゴンの心にたどり着けるようになった。こちらから接触をこころみると、その返事として、ドラゴンの心が自分の心にすうっと触れてくるのがわかる。この無言の会話は、日中、仕事をしているあいだも続けられた。彼の一部分は、つねにドラゴンとつながっていた。たまに無視することはあっても、けっしてその存在を忘れることはなかった。人と話しているとき、ドラゴンからの交信は、耳もとで飛びまわるハエのように騒がしく感じられた。

成長するにつれ、ドラゴンの奇声は太い咆哮《ほうこう》に変わり、寝息は低いとどろきに変わった。しかし、いまだに火をふくことがなかった。興奮して煙を吐くことはあっても、炎はちらりとも見えない。エラゴンはそれだけが気がかりだった。

月の終わりには、ドラゴンの肩の高さがエラゴンのひじにとどくくらいになった。ほんの短いあいだに、か弱い小動物は、屈強の野獣に変わったのだ。今や鱗《うろこ》は鎖帷子《くさりかたびら》のようにがんじょうで、牙は短刀のように鋭くなっていた。

日が落ちるころになると、ドラゴンを連れて、遠出をするのが日課になった。広い平地まで出かけていって木かげにすわり、ドラゴンが飛ぶのをながめる。彼は天翔《あまが》けるドラゴンを見るのが好きだった。おしむらくは、まだその背に乗れないことだ。ドラゴンとならんですわり、その太い腱《けん》や筋肉を手に感じながら、首をなでてやるのも日課になった。

エラゴンの努力にもかかわらず、農場をかこむ森には、ドラゴンの痕跡がそこかしこに残るようになった。雪についた巨大な四つの足跡を、すべて消して歩くのは不可能だし、用を足す回数が増すごとに、糞の山をいちいちかくすこともできなくなる。ドラゴンが木の幹で体をかくと樹皮がむけ、倒木で爪を研ぐと深い傷跡がついた。ギャロウやローランが農場のむこうまで足をのばせば、きっとドラゴンを発見してしまうだろう。そんな最悪の事態が起きないうちに、彼はふたりにすべてを打ちあけることにした。

しかし、その前にやっておきたいことがある。ドラゴンにぴったりの名前をつけることと、ドラゴンという生き物について学ぶこと。そのためには伝説や叙事詩の語り部ブロムの話を聞きに行かなくてはならない――ドラゴンのことを物語るものは、もうそこにしか残っていないのだ。

そんな折り、ローランがカーヴァホールにノミの修理に出かけることになった。エラゴンはよろこんでついていくことにした。

カーヴァホールへ発つ前夜、エラゴンはすこし開けた場所へ出て、心のなかでドラゴンを呼んだ。一瞬ののち、うす暗い空に矢のような速さで動く一点が現れた。急降下してきたドラゴンは、地面すれすれでぐいと上昇し、梢《こずえ》の上あたりで水平飛行をはじめた。翼が風を切るヒューッという音が聞こえている。ドラゴンはゆっくり体をかたむけると、エラゴンの左手にむかって、ゆるやかな螺旋《らせん》を描きながら降下してきた。そして翼を激しく動かしてバランスをとりながら、音をおさえてズッと着地した。

あいかわらずその奇妙な感覚にとまどいつつも、エラゴンは自分の心の壁をとりはらい、しばらく家を留守にするのだと、ドラゴンに語りかけた。ドラゴンが不安げに鼻を鳴らしている。心におだやかな情景を描いてなだめようとするが、ドラゴンは尾をふりあげて不満の意をしめす。エラゴンはドラゴンの肩に手をのせ、おだやかなイメージを送りこもうとした。やさしく肩をたたくと、手の下で鱗《うろこ》が小刻みにふるえているのがわかった。

そのとき、頭のなかに、太いはっきりとした声が響きわたった。

〔エラゴン〕

厳粛な誓約の言葉のように、重々しく、悲しげな声だ。ドラゴンに目をやると、腕にひりひりとしたうずきが走る。

〔エラゴン〕

深遠なサファイアブルーの目が、彼を見つめ返していた。胃にしめつけられるような感覚があった。今初めて、彼はドラゴンを動物として考えられなくなっているのだ。そうではなく、なにか……なにか、ちがうものとして――。

エラゴンはドラゴンをさけるかのように、家へむかって走りだした。ぼくのドラゴン。

〔エラゴン〕

06

ブロム、歴史を語る

エラゴンはローランとカーヴァホールの手前で別れた。深く思いつめたまま、ゆっくりとブロムの家へ歩いていく。戸口の踏み段に立ち、扉をたたこうと手をあげた。しゃがれ声が聞こえた。「なんの用かね?」

エラゴンはうしろをふり返った。そこにはブロムが、奇妙な彫り物のある、ねじれた杖《つえ》をついて立っていた。修道士のようなフードつきの茶のローブをはおり、腰のすり切れた革ベルトに巾着袋をぶらさげている。白いあごひげの上には、口におおいかぶさりそうな堂々たる鷲鼻《わしばな》がある。落ちくぼんだ目は、もじゃもじゃの眉で暗くかげっている。彼はその目でエラゴンをのぞきこみ、返事を待っていた。

「知りたいことがあって」エラゴンはこたえた。「ローランがノミを直しに来たんだ。そのあいだ時間があるから、あんたに会いに来た。教えてほしいことがあるんだ」

老人はなにやらぶつぶついいながら、扉に手をかけた。右手に金の指輪をはめている。光があたるとサファイアブルーに輝き、表面に彫られた不思議な模様が浮きあがって見える。

「入りなさい。そのほうがゆっくり話ができる。おまえの質問はいつも長くなるからのう」家のなかは炭より暗く、えぐいにおいが重く立ちこめている。「今、灯りを――」老人の動きまわる音と、なにかが床に落ち、小さく悪態をつくのが聞こえる。「ああ、これだ」白い火花が光り、炎がゆらゆらと現れた。

ブロムは石造りの暖炉の前で、ローソクをもって立っていた。暖炉のむかいに、本の山にかこまれるようにして、背もたれの高い木彫りの椅子が置かれている。四本の脚は、まるでワシの足のようだ。腰かけと背もたれの革ばりには、バラ模様の浮き彫りがほどこされている。その他のもっと質素な椅子の上には、巻物が積みあげられている。文机の上には、インク壺《つぼ》とペンが置かれている。「適当に場所をつくってすわるといい。ただし、滅んだ王関係の物には気をつけとくれよ。貴重な品だからな」

エラゴンはとがったルーン文字のならぶ書物をまたぎ、ひび割れた巻物を椅子からおろし、床にそっと置いた。椅子に腰かけると、埃《ほこり》が舞いあがった。彼は息をとめて、くしゃみをこらえた。

ブロムは身をかがめ、ローソクの炎で暖炉に火を入れた。「これでよい！　語り合うなら、暖炉のそばがいちばんじゃ」フードを脱ぐと、白髪というより、銀色の髪が現れる。老人は火の上にやかんをかけ、背もたれの高い椅子に腰をおろした。

「それで、なにがききたいんじゃ？」ぶっきらぼうだが、冷たい口調ではなかった。

「うん……」どうやって切り出そうか考えながら口を開く。「ドラゴンライダーのことなんだけど。すごい人たちだったってことは知ってるよ。みんな、ライダー族が復活してほしいと思ってるんだよね。でも、わからないんだ。彼らがどうやって現れたのか、ドラゴンはどうやって生まれたのか、ライダーたちのどこがそんなに特別だったのか？　ドラゴンに乗れること以外にさ」

「気が遠くなるほど長い話だぞ」ブロムは低くつぶやくと、用心深い目でエラゴンを見た。「すべて語りつくすとなると、次の冬までかかるじゃろう。適当にはしょって話さねばならん。だがその前にパイプだ」

ブロムがパイプにタバコをつめるのを、エラゴンはしんぼう強く待った。彼はブロムが好きだった。すこし短気なところがあるが、いつもいやがらずに相手をしてくれる。以前、ブロムはどこから来たのかと、たずねたことがある。老人は笑いながらこたえた。「カーヴァホールによく似た村じゃよ。しかし、もっとたいくつな村だった」

エラゴンは気になってギャロウ伯父にもたずねてみた。しかし伯父が知っていたのは、ブロムが十五年近く前に、カーヴァホールに家を買ってうつり住んだことだけだった。以来ずっと、この村で静かに暮らしている。

ブロムは、火口箱《ほくちばこ》を使ってパイプに火をつけた。二、三度ふかしてから、おもむろに口を開いた。「さあ……お待たせした。茶はもうしばらく待っとくれ。さて、ライダー族のことだったな。エルフ族にはシャートゥガルと呼ばれておったが。どこから話そうか？　ライダー族の栄えた時期は、膨大な年月におよぶのだ。全盛期には、今の帝国の二倍の国土を治めておった。彼らにまつわる逸話をあげればきりがないが、そのほとんどが作り話じゃ。それらを全部信じるとしたら、ライダーたちはそこらの神々と変わらんほどの力をもっとることになる。世の学者たちは、そうした絵空事と真実を見分けることに躍起になっておるようだが、そうかんたんにはいかんだろうな。しかし、さっきおまえがいった三つに限定するなら、真実を話してやれるぞ。ライダー族の起源、なぜ連中があれほど英雄視されておったか、そして、ドラゴンはどこから来たか。まず、最後の質問からはじめるとしよう」

エラゴンは椅子に深々とすわり、老人の催眠術のような声に聞き入った。

「ドラゴンに起源はない。あえていうなら、アラゲイジア創世のときが、それにあたるだろうな。ドラゴンに絶滅があるとすれば、それはこの国が滅びるとき。国土とともに、傷つき、病むのがドラゴンなのじゃ。そもそも、この土地に最初から住んでおったのは、ドワーフ族と、いくつかの小種族だった。頑健で誇り高きドワーフ族は、どの種族よりも先にここに住み、栄華をきわめていた。エルフたちが銀の舟で海をわたってくるまでは、ドワーフの世はなんの変わりもなく続いておったのじゃ」

「エルフたちはどこから来たの？」エラゴンが口をはさんだ。「どうして美しい人々って呼ばれてるの？　エルフって本当にいるの？」

ブロムは顔をしかめた。「最初の質問はどうする？　わからんことをすべて解明しようとすれば、どんどん横道にそれていくぞ」

「ごめんなさい」エラゴンは頭を軽くさげて反省の気持ちを表した。

「あやまらんでもいい」ブロムはおかしそうにいうと、やかんの底をなめる炎に目をすえた。「エルフ族はたんなる伝説ではない。美しい人々と呼ばれるのは、どんな種族よりも優美だからじゃ。アラレアから来たというが、それがなんなのか、どこにあるのか、エルフ以外にはわからない。それでだ——」もう話の腰は折るなというかのように、ブロムはもじゃもじゃの眉の下からエラゴンをにらんだ。

「エルフ族は気位の高い種族じゃった。魔法も得意だったからな。彼らは最初、ドラゴンなど、たんなる動物としか見ていなかった。この思いこみが、エルフたちの致命的なあやまちじゃった。あるとき、若いエルフが軽率にも、牡《お》ジカでも狩るかのようにドラゴンを追いつめ、殺してしまった。怒りくるったドラゴンの仲間たちは、その若いエルフを待ちぶせし、血祭りにあげた。不幸にも、流血はそれで終わらなかった。ドラゴンたちが集結し、エルフ族全体を攻撃しはじめたのじゃ。エルフたちは恐ろしき誤解にとまどい、自分らへの敵意をしずめようとしたが、残念ながら、ドラゴンと通じあう術を知らなかったのじゃ。

　それからは、血みどろの戦いが長く長く続いた。いろいろなことがありすぎてかんたんには説明できんのだが、どちらもひどく傷ついたことだけはまちがいない。当初、エルフたちは戦争の拡大をさけようとして、自分たちからは手出しをしなかった。自衛のためだけに戦っていたのだ。ところが、ドラゴンどもの容赦ない攻撃に、種の存亡をかけ、反撃するしかなくなった。戦いは五年間続いた。もし、エラゴンという名のエルフが、ドラゴンの卵を見つけていなかったら、五年では終わらなかったじゃろう」

エラゴンはおどろいて、目を丸くした。

「おや、おまえさん、自分の名前の由来を知らんかったのか?」ブロムがいった。

「うん」やかんがピーピーと音を立てはじめている。どうしてぼくの名の由来が、エルフなんだ?

「ならば、おまえにとっちゃ、よけいに興味のある話だわのう」ブロムは暖炉からやかんをつかみとり、ふたつのカップに湯を注いだ。ひとつをエラゴンにさし出して念をおす。「この茶葉は、あまりひたしすぎてはいかんのだ。渋くならんうちに飲みなさい」

エラゴンはひと口すすって舌を火傷《やけど》した。ブロムは自分のカップをかたわらに置き、パイプをふかした。

「なぜエルフの領地で卵が見つかったかは、だれにもわからない。エルフの攻撃で親ドラゴンが殺されたのだという説もあれば、ドラゴンがわざとそこに置いたのだという説もある。いずれにしろエラゴンは、エルフに味方してくれるドラゴンがいれば、きっといつか役に立つと思ったのじゃ。彼はその雄ドラゴンをひそかに育て、慣習にしたがって古代文字からビッドダームと名づけた。ビッドダームが成長したころ、エラゴンは彼に乗って敵地へ乗りこんでいった。そして、エルフ族と友好的に暮らそうではないかと、ドラゴンを説得したのじゃ。こうしてふたつの種族のあいだに協定が結ばれた。このとき、両者のあいだに二度と戦が起こらぬよう、ドラゴン乗り《ライダーズ》の徒を結成することに決めた。

　結成された当初、ライダーたちはたんに、エルフ族とドラゴンのあいだの橋わたしをするだけの存在だった。しかしときがたつうち、その存在価値が認められ、ライダー族にもっと大きな権限があたえられるようになった。やがてライダー族は、ヴローエンガード島を領地にして、そこにドル・アリーバという都市をきずいた。以来、ガルバトリックスに滅ぼされるまで、ライダー族はアラゲイジアでもっとも強大な力をもって栄えておったというわけじゃ。さてこれで、ふたつの質問にこたえたことになると思うがな」

「そうだね」エラゴンはぼんやりとこたえた。自分の名が、初代ドラゴンライダーの名にちなんでつけられたとは、なんという偶然だろう。なぜか自分の名前が、今までとはちがった響きに感じられた。「エ、ラ、ゴ、ンには、どういう意味があるの？」

「それがわからんのじゃ」ブロムがいった。「ものすごく古い話だからのう。エルフのなかにしか、覚えている者はおらんと思うぞ。よほどの幸運でもなければ、エルフと話す機会などないだろうしな。だが、いい名前であることはまちがいない。おまえさん、誇りに思っていいんだぞ。こんな名誉なことは、ざらにあるものじゃない」

エラゴンは、それについては頭のすみにおしやり、ブロムの話をもう一度思い返してみた。と、ひとつの疑問に行きあたった。「わからないことがあるんだ。ライダーたちが現れたとき、ぼくたちはどこにいたの？」

「ぼくたち？」ブロムの眉がぐいとあがる。

「そう、ぼくたちみんな」エラゴンは両手をひろげていった。「一般の人間たちだよ」

ブロムは笑った。「わしらはエルフ族同様、この土地の先住民ではない。人間の祖先がここに現れ、ライダー族に加わるのは、それから三世紀たってからのことじゃ」

「そんなのおかしいよ」エラゴンはつっかかった。「ぼくらの祖先は、ずっと昔からこのパランカー谷に住んでたんだ」

「何世代か前まではたしかにそうだが、それ以前はちがうな。おまえの祖先というなら、なおさらちがうぞ、エラゴン」ブロムは静かにいった。「おまえはギャロウの家系のことをいっとるのだろう？　たしかに、おまえの半分はその血筋だが、父方はこの土地の出ではない。ほかの連中とてそうじゃ。先祖をたどれば、それほど長くここに住んどる者はおらん。この谷の歴史はあまりにも古い。そのあいだじゅう、人間が住んでいたわけではないのだ」

エラゴンはふくれ面でお茶をがぶりと飲んだ。まだ、のどが焼けるほど熱い。だれが父親だろうと、ここがぼくの故郷であることに変わりはないんだ！「ライダー族が滅んだあと、ドワーフたちはどうなったの？」

「それも、だれにもわからない。最初のうちはライダーとともに戦っておったが、ガルバトリックスの勝利が動かしがたくなったとき、トンネルの入り口をすべてふさいで、地面の下にもぐってしまったという。わしの知るかぎり、それ以来、ドワーフを見た者はいないはずじゃ」

「じゃあ、ドラゴンは？」エラゴンはたずねた。「彼らはどうしたの？　全部殺されちゃったわけじゃないんでしょう？」

ブロムは悲しげにこたえた。「それが今、アラゲイジアでいちばんの謎なのだ。ガルバトリックスの殺戮《さつりく》で、何頭のドラゴンが生き残ったか？　ガルバトリックスは、おのれに忠誠を誓うドラゴンだけは生かしておこうとしたが、すでに心がゆがんでいた〈裏切り者たち〉のドラゴン以外、やつの狂気にしたがう者などいなかった。むろん、やつの黒ドラゴン、シュルーカンも生きておるはずじゃ。それ以外にもし生き残りがいるとしたら、おそらく帝国に見つからないよう、どこかに身をひそめておるのだろう」

では、ぼくのドラゴンはどこから来たのだろうか？　エラゴンは考えこんだ。「エルフたちが海をこえてきたとき、アーガルたちはもうアラゲイジアにいたの？」

「いいや。やつらはエルフ族を追って、海をわたってきた。血にまつわりつくダニみたいにな。そのときにアーガルどもを撃退し、国の平和を守ったのが、ライダー族じゃった。そのあっぱれな戦いぶりが、彼らが英雄視された理由のひとつなのだ……こうした歴史から、じつに多くのことが学べるんだがな。王のせいで、タブーのようになってしまった。口おしいことじゃ」ブロムはしみじみといった。

「ぼく、このあいだのもちゃんと聞いたよ、あんたの昔話」

「昔話！」ブロムは吠《ほ》えるようにいった。目がきらりと光る。「これをたんなる昔話と呼ぶなら、逆に、わしが死んだという噂《うわさ》が事実ということになるわ。おまえは幽霊と話してるわけだな！　過去をおろそかに考えるでないぞ——自分に、どんな影響をおよぼすか知れんのだからな」

エラゴンはブロムの表情がやわらぐのを待ってから、おずおずときいた。「ドラゴンって、どれくらいの大きさ？」

ブロムの頭上に、雷雲のような黒い煙が、くるくると立ちのぼっている。「家より大きい。小さいのでも、翼をひろげれば三十メートルにもおよぶ。際限なく成長し続けるんじゃ。帝国に屠《ほふ》られる前には、小高い丘をこえるほど大きいやつもいたというな」

エラゴンはひどくうろたえた。じゃあ、この先、ドラゴンをどうやってかくせばいいんだ？　内心のいらだちをおさえ、静かな声でたずねた。「どれくらいで大人になるの？」

「そうじゃな」ブロムはあごをかきながらいった。「生まれて五、六か月で、火をふくようになる。そのころから交尾もできるようになる。成長すればするほど、長く火をふいていられるようになるんじゃ。何分間もふき続けるやつもいるという」ブロムは煙の輪を吐き出し、天井にただよっていくのをながめている。

「ドラゴンの鱗《うろこ》って、宝石の原石みたいだって聞いたんだけど」

ブロムは身を乗り出していった。「そのとおり。色や濃淡はさまざまだがな。きらきらゆれて光って、ドラゴンが集まると、まるで生きた虹のように見えるという話だ。だが、そんなこと、だれから聞いた？」

エラゴンは一瞬、ぎくっとして、口からでまかせをいった。「旅商人さ」

「名はなんといった？」ブロムの白いもじゃもじゃの眉が一本につながり、額のしわが深くなった。パイプがくすぶっているのに気づいていないようだ。

エラゴンは考えるふりをした。「わからない。モーンの店でしゃべってたんだ。ぼくの知らない人だった」

「名前がわかればいいんだがのう」ブロムがぶつぶついっている。

「その人ね、ライダーにはドラゴンの心の声が聞こえるっていってたよ」架空の旅商人に、守ってくれと祈りながら、エラゴンは早口でいった。

ブロムが目を細めた。ゆっくりと火口箱《ほくちばこ》に手をのばし、火打ち石を打つと、抑揚のない声でいった。「それはどうかな。ドラゴンの話はすべて知っておるが、それは初耳だのう。その男は、ほかになにかいっておったか？」

エラゴンは肩をすくめた。「なにも」ブロムが旅商人についてあまりにこだわるので、とても嘘《うそ》をつき続ける気になれない。彼はさりげない調子で話を変えた。「ドラゴンって、長生きなの？」

ブロムはすぐにはこたえなかった。胸にあごをうずめ、指でパイプをたたきながら、じっと考えこんでいる。指輪がきらりと光った。「すまん、ちょっとべつのことを考えておった。そうだ、ドラゴンはものすごく長生きだぞ。不死身といっていい。殺されんかぎり。あるいは、主人のライダーが死なんかぎりな」

「そんなのおかしいよ」エラゴンが不服をとなえた。「ライダーが死ぬときドラゴンもいっしょに死ぬのなら、寿命はせいぜい六、七十年なんじゃないの？ ライダーは何百年も生きるみたいなこと、あんたはその……語ってたけど、でも、そんなのはとても信じられないよ」家族や友だちがすべて死んだあと、まだずっと生き続けるなど、たえられないと思った。

ブロムは唇にうっすらと笑みを浮かべ、いたずらっぽくいった。「信じるかどうかは個人の問題だ。スパイン山脈に入って寝泊まりするなど信じられないという者もおる。しかし、おまえにはそれができる。考え方によるのじゃよ。おまえさん、若いのにそんなに物知りなんだから、それくらい知っててもよさそうなもんだがな」エラゴンが赤くなると、老人はクックッと笑った。

「おこるな。知らんこともあってあたりまえじゃ。だがおまえさん、ドラゴンに魔力があることを忘れておる。彼らは、なにか不思議な方法で、まわりのものに影響をあたえることができるのだ。ライダーはドラゴンにいちばん身近な存在だ。だから、この影響をいちばん多く受けるのだな。そのもっとも一般的な効果が、生命の延長なのだ。わしらの王を見れば一目瞭然だろう、あれだけ長生きをしておるんだから。しかし民の多くは、それが、王自身の能力だと思っておる。

ほかにも、小さな影響がいくつもあるぞ。ライダーたちはふつうの人間より強靭《きょうじん》な体と、鋭い知性、よく利く目をもっておる。それと人間のライダーは、耳がすこしずつ、とがってくる。エルフの耳ほどとがっとらんけどな」

エラゴンは耳の先をさわりそうになり、あわてて手を引っこめた。ドラゴンのやつ、あとどれだけぼくの人生を変える気なんだ？　人の頭のなかに侵入するだけじゃなく、体まで変えてしまうのか！「ドラゴンって頭がいいの？」

「さっきわしがいったことを、ちゃんと聞いてなかったな！」ブロムが声高にいった。「相手が愚鈍な野獣なら、エルフはそいつをどうやって説きふせ、平和協定を結べると思う？　ドラゴンには、わしやおまえくらいの知能はあるのじゃ」

「だけど動物でしょ」エラゴンはいいつのった。

ブロムがふんと鼻を鳴らした。「彼らが動物だというなら、わしらだって同じだぞ。なぜか人々は、ライダーたちの功績はたたえるが、ドラゴンの功績には無頓着だ。新種の移動手段くらいにしか考えとらんのだろうが、そうではない。ライダー族の偉大な功績は、ドラゴンなしではありえなかったのだ。火をふく巨大な竜が争いごとをとめに飛んでくると知っていたら、だれがわざわざ剣をぬいて戦おうという気になる？　どうじゃ？」ブロムはまた煙を吐き、ただよっていくさまをながめた。

「あんたは見たことがあるの？」

「いや」ブロムはいった。「わしが生まれるずっと前のことじゃ」

あとはドラゴンの名前だ。「前に、ドラゴンの話を聞いたことがあるんだけど、どうしてもその名前が思い出せないんだ。カーヴァホールに来た旅商人が話してたんだと思う。なにかドラゴンの名前、知らない？」

ブロムは肩をすくめ、すらすらと名前をならべ立てた。「ジュラ、ヒラドール、それにフンドールル——巨大なウミヘビと戦ったドラゴンじゃ。ガルズラ、ブライアン、オーヘン・ザ・ストロング、グリーティム、ベローン、ロスラーブ……」まだまだたくさん出てきた。そして最後の最後、ほとんど聞きとれないほど小さな声でいった。「……それと、サフィラ」ブロムは静かにパイプをすいきった。「聞き覚えのある名があったか？」

「いや、なかったよ」エラゴンはすまなそうにこたえた。ブロムの話を聞いたおかげで、考えるべきことが山ほどできた。それに、時間もずいぶんたってしまった。「ローランのノミの修理が終わったころだから、ぼくもホーストの鍛冶屋へ行かなくちゃ。もっといいたいのは山々なんだけど」

ブロムが眉をあげた。「おや、そうか？　ローランが呼びに来るまで、話していられると思ったのにのう。ドラゴンの戦闘法や、息をのむような空中戦の話は、聞かなくていいのか？　もう満足したのか？」

「今日のところは」エラゴンは笑った。「知りたかった以上のことを教えてもらったよ」立ちあがると、ブロムもそれにならう。

「それはよかった」ブロムはエラゴンを戸口まで送り出した。「じゃあ、気をつけてお帰り。それと、旅商人の名を思い出したら、教えておくれよ」

「うん、わかった。今日はありがとう」エラゴンはまばゆい冬の太陽のもとに出ると、目をしばたたかせた。聞いたことのひとつひとつを思い返しながら、すこしずつ歩みを速めた。

07

強き者の名前

エラゴンはローランと家路をたどっていた。「今日、ホーストのところに、セリンスフォードから客が来てたんだ」ローランがいった。

「なんていう人?」エラゴンは凍った地面をひょいとよけ、足早に歩き続けた。頬も目も、寒さでひりひりしている。

「デンプトンという男さ。ホーストに部品を注文に来てたんだ」ローランのたくましい足が雪のふきだまりをかき分け、エラゴンの道筋をつけて進んでいく。

「セリンスフォードに鍛冶屋はいないの?」

「いるさ。だけど、腕のいいのがいないらしい」ローランはエラゴンの顔をちらりと見、肩をすくめた。「デンプトンは自分の製粉所で使う機械の部品をたのみに来たんだ。工場を大きくするから、おれにそこで働いてほしいっていうのさ。おれは引き受けた。彼が部品をとりに来るとき、いっしょに発つつもりだ」

製粉所は年じゅう休みなく動いている。冬は工場にもちこまれるものをかたっぱしから挽《ひ》き、収穫期は穀類を買いつけて小麦粉にして売る。やっかいで危険な仕事だ。巨大な石臼につぶされて、指や手を失う職工が少なくないという。「伯父さんに話す気か?」エラゴンはきいた。

「ああ」ローランの顔を冷ややかな笑みがよぎった。

「どうして? ぼくらが家を出ることを、伯父さんがどう思ってるかわかってるんだろう? そんなこといい出したら、大騒ぎになるぞ。バカなことはいわずに、平和な夕飯を食べようよ」

「いやだ。おれは働きに行く」

エラゴンは急に立ちどまった。「どうして?」ふたりは顔を見あわせた。吐く息が白く見える。「たしかにうちにはお金がないけど、それでもなんとかやってきたじゃないか。わざわざ働きに行くことなんかないよ」

「それはわかってるさ。でもおれは、自分の金がほしいんだ」ローランは歩きだそうとするが、エラゴンは動こうとしない。

「なにに使うんだよ？」

ローランがかすかに背中をのばす。「結婚したいんだ」

エラゴンは、おどろきとまどいで言葉を失った。カトリーナとローランが路地でキスしていたのは知っている。だが、結婚？「カトリーナと？」たしかめるように、こわごわたずねる。ローランがうなずいた。「彼女にはもう、申しこんだの？」

「まだだけど、春が来て家を建てるめどがついたら、申しこもうと思ってる」

「今おまえにいなくなられたら、畑の人手が足りなくなって大変じゃないか」エラゴンは声をとがらせた。「せめて植えつけの時季まで待ってよ」

「だめだよ」ローランは苦笑した。「春になれば、おれはもっとこき使われるだろ。土を起こして、種をまいて、間引きして。家のなかの雑用だっていくらでもある。だめだ、家を出るなら、今がいちばんいい時季なんだ。家のなかで、暖かくなるのをじっと待ってるだけの季節だからな。おまえと父さんだけでなんとかなるさ。むこうの仕事が順調にかたづけば、早めに帰ってきて畑を手伝えるよ。嫁さんといっしょに」

ローランのいうとおりだ。エラゴンは、あきれているのか腹立たしいのかわからないまま、かぶりをふった。「幸運を祈るっていうしかないんだろうな。だけど、伯父さんは機嫌が悪くなると思うよ」

「どうだろうな」

歩きだすふたりのあいだには、沈黙の壁がはりめぐらされたようだった。エラゴンの心はふさいでいた。本心から賛成できるには、しばらく時間がかかりそうだった。家に帰っても、ローランはすぐにはギャロウに話を切り出さなかった。だが、じきにそのときが来ることはエラゴンにはわかっていた。

ドラゴンに呼びかけられて以来、ナナカマドの木に出かけて行くのは初めてだった。自分と対等な生き物であることを心にとめ、エラゴンはおずおずと木に近づいていった。
〔エラゴン〕
「それしかいえないのか！」ぶっきらぼうにいい返した。
〔いかにも〕
予期せぬ返事に、エラゴンは目を見開き、その場にすわりこんだ。〔ユーモアのセンスもあるってわけか。で、次はなにをいうんだよ」むしゃくしゃして、枯れ枝を足でふみつける。ローランの話を聞いてから、なんとなく気分が晴れない。ドラゴンの、問うような意識が伝わってきた。彼はなにがあったかを話した。話しながら、声がしだいに高くなり、だれにともなくどなりはじめていた。思いのたけを吐き出すまでわめき続けると、意味もなく地面にげんこつを打ちつけた。

「あいつに出ていってほしくない。それだけなんだ」エラゴンは力なくつぶやいた。ドラゴンは冷静に耳をかたむけ、話を咀嚼《そしゃく》しようとしている。エラゴンは二言三言悪態をつくと、目をこすりながら、ドラゴンの顔をじっとのぞきこんだ。「おまえ、名前がほしいだろ。今日、いい名前を教えてもらってきたんだ。気に入るのがあると思うぞ」ブロムが教えてくれた名を、心のなかで暗誦《あんしょう》していった。ふたつばかり、勇ましくて、気品があって、耳ざわりのいい名前があった。「ヴァニラーはどう？ その後継者はエリダーっていうんだ。どちらも偉大なドラゴンだったんだぞ」

〔いや〕とドラゴンがいった。エラゴンの苦労をおもしろがるように。〔エラゴン〕

「それはぼくの名前だ。おまえにはやれないよ」あごをなでながらいう。「今のがだめなら、ほかにもあるぞ」いくらならべても、ドラゴンはけっしてうんといわない。

なにやらおかしそうにしているが、エラゴンはかまわず名前をあげ続けた。「インゴソールド、彼がたおしたのは……」はっと思いあたり、言葉を切った。〔そうか！男の名前ばかりいってた。おまえは女なんだ！〕

〔そうよ〕ドラゴンは、しゃなりと翼をたたんだ。

女とわかったところで、あらためて五、六種類の名前をあげた。お薦めはミレメルだが、茶色のドラゴンの名ということで、却下された。オフェイラとレノーラも却下。あきらめようとしたところで、ブロムが最後につぶやいた名前を思い出す。なかなかいい名前だと思うが、ドラゴンは気に入ってくれるだろうか？

エラゴンはたずねた。

「おまえはサフィラ？」ドラゴンは、知的なまなざしでエラゴンを見つめた。彼は心の奥深くで、ドラゴンの満足感を感じた。

〔いかにも〕

頭のなかでなにかがカチッと音を立て、ドラゴンの声が、まるで果てしない距離から聞こえる声のように、響きわたった。エラゴンは、返事のかわりににっこり笑った。サフィラがブーンという低い音を響かせた。

08

ローラン、打ち明ける

日がすっかり落ちるころ、夕飯の支度ができた。ふきすさぶ強風が、家をふるわせていた。エラゴンは何度もローランに目をやりながら、そのときが来るのを待った。やがてついに彼は切り出した。「父さん、じつはおれ、セリンスフォードの製粉所で働かないかっていわれてるんだ……それで、行こうと思ってる」

ギャロウはほおばったものをゆっくりと噛《か》みしめてから、おもむろにフォークを置いた。椅子にそり返り、頭のうしろで手を組むと、ひと言、そっけなくいった。「どうしてだ？」

ローランが事情を説明する横で、エラゴンはぼんやりと食べ物をつついていた。

ギャロウは「そうか」といったきり、おしだまって、じっと天井を見つめていた。ふたりは身じろぎもせず、ギャロウの次の言葉を待った。「で、いつ発つんだ？」

「え？」と、ローラン。

ギャロウは身を乗り出した。目がきらりと光っている。「おれが引きとめるとでも思ったのか？　おまえには、早く身をかためてほしいと思ってたんだぞ。家族がふえるのは、うれしいことだからな。おまえと結婚できるなんて、カトリーナは幸せ者だ」ローランの顔におどろきの表情が浮かび、やがてほっとしたようにほほえんだ。

「それで、出発はいつなんだ？」ギャロウはたずねた。

ローランは明るくなってこたえた。「デンプトンが部品を引き取りに来たとき、いっしょに行くつもりなんだ」

ギャロウはうなずいた。「というと……？」

「二週間後」

「そうか。それだけあれば準備はできるだろう。この家もふたりだけになれば、今までとは勝手がちがってくるからな。なに、順調に行けば、そんなにはかからんさ」テーブルごしにエラゴンを見た。「エラゴン、おまえは知ってたのか？」

彼はしょんぼりと肩をすくめた。「今日、初めて聞いた……ひどすぎるよ」

ギャロウはエラゴンの頬に手を触れていった。「これが自然なんだ」椅子から立ちあがる。「すぐになれるさ。すべては時間が解決する。それより今は、さっさと皿を洗っちまうことだ」エラゴンとローランは無言のまま、かたづけを手伝った。

それから数日、やるせない日々が続いた。エラゴンの神経はささくれ立っていた。なにかを直接きかれたときだけ、ぞんざいにこたえ、あとはだれとも話そうとしない。家のあちこちにこまごまと、ローランの出発を思い知らせるものがあった。ギャロウが彼のためにつくった荷物、壁からものが消えてしまった跡。家じゅうが、不思議なほど空っぽに見えた。出発の日まであと一週間とせまったとき、エラゴンは、ローランとのあいだに大きな距離ができているのを感じた。おたがいに話をしようとしても、うまく言葉にならず、ふたりの会話はぎこちなくなるいっぽうだった。

エラゴンのいらだちのなぐさめとなるのは、サフィラだった。今や彼らは、自由に会話できるようになっていた。エラゴンは自分の感情を完全にさらけ出し、サフィラはだれよりもよく彼の心を理解してくれた。ローランが出ていくまでのあいだ、サフィラはまた一段と成長を見せた。肩が三十センチほど高くなり、エラゴンの肩の高さを追いぬいた。首のつけ根の小さなくぼみは、すわるのにいい按配《あんばい》の大きさになっていた。日暮れどき、エラゴンはそこにもたれ、サフィラの首をなでながら、いろいろな言葉の意味を教えてやった。ドラゴンはなんでもすぐに理解し、ときにはそれに対して意見するようにもなった。

エラゴンにとって、サフィラとすごす時間だけは満ちたりていた。サフィラは、どんな人間にも負けないほど複雑で存在感があった。その性格はじつに多様で、ときにまったく未知の一面を見せることもある。それでも、ふたりはたがいに根本的な部分ではわかりあっていた。エラゴンは、その仕草や思考から、日々、新しいサフィラを発見することができた。

あるとき、サフィラは捕らえてきたワシを、食べずに空へ逃がしてこういった。

〔空のハンターたるもの、餌食となって一生を終えるべきではない。地面におろされて死ぬより、羽ばたきながら死ぬほうがいい〕

家族にサフィラを紹介しようというエラゴンのもくろみは、ローランの一件で立ち消えとなってしまった。そこには、人に見られるのは気が進まないという、サフィラ自身の慎重な意見もあった。エラゴンも、なかば自己本位な理由で、サフィラに同意した。ドラゴンの存在があきらかになれば、人々はおどろき、こわがり、大騒ぎになり、彼にその非難が集中する……だから、二の足をふんでしまう。彼は自分にいい聞かせた。いい時期が来るまで待とう、いつかその兆しがあるはずだから。

ローランが発つ前夜、エラゴンは彼と話をしようと決心し、あけ放した部屋の扉へそっと近づいていった。ナイトテーブルの上のオイルランプが、壁にやわらかな光の絵を踊らせていた。天井までとどく空の本棚に、ベッドの支柱が長い影を落としている。ローランは着がえや身のまわりのものを、毛布でくるんでいるところだった。その目もとはかげになり、首のうしろがこわばって見える。彼は手をとめ、枕のあたりからなにかをとりあげ、掌でぽんぽんと弾ませた。何年も前に、エラゴンがあげたみがき石だった。ローランはそれを荷物のなかにおしこもうとして、思い直し、棚の上にのせた。エラゴンはのどがしめつけられるのを感じ、静かにそこをはなれた。

09

黒マント

朝食は冷えていたが、お茶は温かかった。窓の氷がコンロの熱気でとけて落ち、板ばりの床に黒いしみをつけている。エラゴンは台所に立ってギャロウとローランをながめながら、こうしてふたりがいっしょにいる光景は、この先何か月も見られないのだとしみじみ思った。

ローランは椅子にすわり、ブーツのひもをしばっていた。かたわらには、旅支度一式が置かれている。ギャロウはポケットに手をつっこみ、ふたりのあいだに立っている。シャツのすそはだらりとたれ、顔がひきつって見える。若いふたりがいくら誘っても、ギャロウはカーヴァホールまで見送りに行くとはいわなかった。理由をたずねると、そのほうがいいのだとこたえるだけだった。

「忘れ物はないか？」ギャロウはローランにきいた。

「うん」

ギャロウはうなずき、ポケットから小さな布袋を取り出した。ローランにさし出すとき、コインの音がチャリンと響いた。「おまえのために貯めていたんだ。わずかばかりだが、小間物や安手の装身具くらいは買えるだろう」

「ありがとう。でも、おれ、そんなつまらないものに金は使わないよ」

「好きなように使え。おまえの金だ」ギャロウはいった。「あとはなにもやれるものがない。あるとしたら、父の祈りくらいなものだな。たいした値はないだろうが、よかったら受けとってくれ」

ローランの声は感動でくぐもっていた。「つつしんで受けとらせてもらうよ」

「そうか。じゃあ、元気でやってこい」ギャロウは息子の額にキスをした。そしてふり返り、声を高くしていった。「エラゴン、おまえのことを忘れてるわけじゃないぞ。おまえたちふたりに、いっておきたいことがあるんだ。今、世の中に出ようとしているときに、いわねばならん言葉だ。ちゃんと心にとめておけ。いつかきっと役に立つことがあるだろうからな」ギャロウは真剣なまなざしで、ふたりを見つめた。

「自分の体と心は、ほかの何者にも支配されるな。いつどんなときも思考を束縛されてはならん。自由だと思っていても、奴隷より重いかせでしばられていることもあるからな。耳を貸しても、心まで貸すな。力ある者には敬意をしめせ。しかし、むやみに追従するな。自分の頭で論理的に理性的に判断しろ。が、それをいちいち口にする必要はないぞ。

どんなに身分や地位の高い者を前にしても、けっしてひるむな。だれに対しても公平に接しろ。さもないと、きっと恨みを買うことになる。金をもったら、じゅうぶん用心しろ。どんなときも信念をつらぬけ。そうすればまわりは聞く耳をもってくれる」ギャロウはすこし口ごもるように続けた。「色恋にかんしては……正直であれというしかない。心の鍵を開くにも、ゆるしを乞うにも、それがいちばん強力な道具になるからな。いいたいことは以上だ」彼はすこし照れくさそうに訓示を終えた。

そして、ローランの荷物をもちあげた。「さあ、もう行ったほうがいい。そろそろ夜が明けるころだ。デンプトンを待たせてしまうぞ」

ローランは荷物を肩にかけ、ギャロウを抱きしめた。「できるだけ早く帰ってくるよ」

「わかってるさ！」ギャロウはいった。「早く行け。うちの心配はするな」

ふたりは、名残おしそうに体をはなした。エラゴンとローランは外へ出て、ふり返り、手をふった。ギャロウは骨ばった手をあげ、歩いていくふたりを静かなまなざしで見送っている。やがてしばらくして、彼は扉をしめた。その音が朝の空気をつらぬいてくると、ローランは一瞬足をとめた。

エラゴンはふり返って、背後の景色を見わたした。ぽつんと建つわが家に目がすいよせられる。哀れなほど小さく、はかなげな家。細く立ちのぼる煙だけが、雪に閉ざされたその家に、住む人のいることをしめしている。

「ここだけがおれたちの世界だった」ローランは沈鬱な声でいった。

エラゴンはもどかしさに体をふるわせた。「いい世界だ」

ローランはうなずいた。そして背筋をのばし、新しい未来へむかって歩きだした。丘をくだるごとに、わが家は視界から消えていった。

カーヴァホールには早朝のうちにたどり着いたが、鍛冶屋の扉はすでにあいていた。なかに入ると、心地よい暖かさがふたりをむかえてくれた。火の粉を散らす石炭の鍛冶炉の横で、ホーストの息子バルドルが、ふたつの大きなふいごをゆっくりと動かしていた。炉の前には黒い鉄床《かなとこ》と、塩水の入った鉄樽《てつだる》が置かれている。壁にならんだ長いポールには、鍛冶の道具がずらりとかかっている——巨大な火ばし、やっとこ、さまざまな形や大きさのハンマー、ノミ、アングル材、センターポンチ、やすり、旋盤《せんばん》のまわし金、形づくる前の鉄の棒、万力、大ばさみ、つるはし、ショベル。長い作業台のそばに、ホーストとデンプトンが立っていた。

派手な赤い口ひげをたくわえたデンプトンが、笑顔で近づいてきた。「ローラン！　来てくれてうれしいよ！　石臼を新しくしたから、どうしても人手が必要なんだ。準備はできてるのかね？」

ローランは荷物をかかげて見せた。「はい。すぐ出発しますか？」

「ひとつふたつ、かたづける用事があるが、一時間のうちに出かけられる」デンプトンが口ひげのはしをしごきながらふり返る。エラゴンはそわそわと足を動かした。「きみはエラゴンだね。きみにも仕事をやりたかったんだが、ローランが自分ひとりでいいというんだ。あと一、二年したら、どうだね？」

エラゴンはぎこちなく笑いながら、大きく手をふった。デンプトンは愛想のいい男だった。事情がちがっていたら、好感をもっていたかもしれない。だが今のエラゴンは、この男さえカーヴァホールに来なければ……と不愉快にしか思えなかった。デンプトンは気を悪くしたようだ。「いいさ。まあ、いいさ」と、ローランにむき直り、製粉所の仕事について講釈をはじめた。

「さあ、準備完了だ」ホーストが作業台にならべた包みをさしていった。「いつもって帰ってもかまいませんよ」彼はデンプトンと握手をすると、エラゴンに手まねきをして、作業場を出ていった。

エラゴンは首をかしげつつ、あとを追った。ホーストは腕を組んで道ばたに立っていた。エラゴンはデンプトンのほうを親指でくいとさし、ホーストにたずねた。「あの人、どんな人なの？」

ホーストがどら声でいう。「いい人さ。ローランによくしてくれるだろうよ」彼はぼんやりとした顔でエプロンの金くずをはらい、エラゴンの肩に手をのせた。「おまえ、スローンとやりあったときのこと、覚えてるか？」

「おじさんに肉の代金を借りたことなら、だいじょうぶ、忘れてないよ」

「いや、そうじゃない。おまえのことは信用してるさ。おれが知りたいのは、あの青い石のことなんだ。あれをまだもってるのか？」

エラゴンは鼓動が速くなるのを感じた。なぜ彼がそんなことを知りたがるんだ？　きっとサフィラがだれかに見られたんだ！　動揺をおさえながらこたえる。「もってるよ。でも、どうして？」

「帰ったらすぐ、処分するんだ」その語気の強さに、エラゴンは声をあげることもできなかった。「昨日、男がふたり訪ねてきた。黒ずくめの異様な恰好《かっこう》でな、剣をもってた。見たとたん、鳥肌が立ったよ。そいつらがゆうべ、石を見なかったかと、あちこちできまわってたんだ。おまえのもってたような石のことをな。おそらく今日もさがしまわるはずだ」エラゴンは真っ青になった。「多少の分別があれば、なにもしゃべらんほうがいいってことくらいわかるさ。見たといえば、めんどうに巻きこまれるからな。しかし、何人かはしゃべりそうなやつがいる」

心が恐怖でいっぱいになった。スパインに石を送った者が、ついにそのありかをつきとめたのか、あるいは、帝国がサフィラのことを嗅ぎつけたのか？　どちらが恐ろしいことなのか、エラゴンには判断できなかった。考えろ！　落ち着いて考えろ！　石はもうないんだ。見つかることはない。でも、もしそいつらが石の正体を知っていたら……サフィラがあぶない！　彼は精いっぱいさりげないふうを装った。「教えてくれてありがとう。で、その人たち、今どこにいるの?」よくもふるえずに声を出せたものだと思う。

「こうやって忠告してるのは、おまえが連中と出くわしてほしくないからなんだぞ! カーヴァホールを出ろ。家へもどるんだ」

「はい」エラゴンはおとなしくこたえた。「おじさんがそのほうがいいと思うなら、そうするよ」

「そのほうがいい」ホーストの表情がやわらいだ。「過剰に反応しすぎなのかもしれんがな、胸騒ぎがしてならんのだ。連中が村から完全にいなくなるまで、家を出ないほうがいいぞ。おまえの農場のほうへは、行かないように仕むけるつもりだ。うまく行くかどうかわからんが」

エラゴンは感謝のまなざしでホーストを見た。サフィラのことを話せれば、どんなに気が楽だろうと思った。「じゃあ、またね」彼は急いで作業場へもどり、ローランの腕をつかんで別れのあいさつをした。

「もうすこしいてくれないのか?」ローランはおどろいてたずねる。

エラゴンは笑いだしそうになった。なんだか、その問いかけがとても滑稽に感じられたのだ。「ここにいてもすることがないよ。おまえが出発するまで、ぼんやり待っててもしかたないだろ」

「だけど」ローランは疑るようにいった。「この先、何か月も会えないかもしれないんだぞ」

「きっとそんなに長くはならないよ」エラゴンは早口でいった。「気をつけて。早く帰ってこいよ」従兄を抱きしめ、作業場を出た。ホーストはまだ外に立っていた。背中に彼の視線を感じながら、エラゴンは村はずれの方角へと歩きだした。鍛冶屋が視界から消えると、民家のかげにひょいと身をかくし、また裏通りをもどりはじめた。

なるべく暗がりを選び、わずかな物音にも耳を澄ましながら、あちこちの通りに視線を走らせていった。こんなとき弓があれば……と、部屋にかけてある弓のことが頭をよぎった。人目をさけながら、村のあちこちをさまよい歩いた。やがて、一軒の建物のほうから、かすれた低い声が聞こえてきた。エラゴンは鋭い聴覚をさらに研ぎすまし、話し声を聞きとろうとした。

「それはいつのことだ?」その声は、油を塗ったガラスのようになめらかに、空中を這《は》い進んでくる。歯のすきまから空気がもれるようなシーッシーッという音が聞こえ、頭皮に鳥肌が立つのを感じた。

「三月ほど前だ」べつの声がこたえる。スローンの声だと、すぐにわかった。

卑劣漢め、あいつ、しゃべろうとしている……エラゴンは、今度会ったらかならずスローンを殴ってやろうと決めた。

三人めの声が聞こえた。低い、じっとりとした声。体のほかの部分は正常で、のどだけが腐敗し、カビが生えている、そんなさまが思い浮かぶ。「それはたしかか？　あとでまちがいだったなんてのはごめんだからな。そうなったときは、かなり……やっかいなことになるぞ」それが、ただのおどしでないことくらい想像がつく。帝国の手先でなければ、こんなふうに民に圧力をかけられる者がいるだろうか？　いるとは思えない。が、とにかく、それがだれであれ、卵をスパインに送ったのは、これほどの権力を堂々と行使できる大物であるということなのだ。

「ああ、まちがいない。そいつがもってるのを見たんだ。嘘《うそ》じゃない。知ってるやつは大勢いるさ。みんなにきいてくるといい」スローンの声はふるえていた。まだなにかいっているようだが、聞きとれない。

「ほかの連中は……非協力的でな」あざけるような声。すこしの間があった。「情報をもらえてよかった。おまえのことは、しっかりと覚えておこう」もちろん、そうだろう。

スローンのぶつぶついう声と、人のあわただしく去っていく足音が聞こえた。エラゴンはものかげから様子をうかがった。背の高いふたりの男が道ばたに立っていた。ふたりとも長い黒マントをはおり、足の上あたりに剣の鞘《さや》がつき出している。シャツには入り組んだ模様の銀糸の紋章。顔はフードでかげになり、手は手袋でおおわれている。背中は詰め物をしたかのように、丸くもりあがっている。

エラゴンは、もっとよく見ようと体をずらした。はたと、ひとりが動きをとめ、奇妙な声で連れになにかを伝えた。ふたりはくるりと体を返し、低くかがみこんだ。エラゴンは息をのんだ。死の恐怖がおそいかかる。フードにかくれた顔に、目が釘《くぎ》づけになった。息苦しいほどの力が心にのしかかり、彼をそこから動けなくした。必死であらがい、心のなかでさけんだ。動け！　しかし、足はぐらつくだけで、まったく進もうとしない。黒マントの男たちが、なめらかな足どりで、音もなく彼のほうへ近づいてくる。もうむこうからは、こちらの顔が見えているにちがいない。男たちは剣に手をかけ、すぐそこまで……。

「エラゴン！」自分の名が呼ばれて、彼はぐいとふりむいた。マントの男たちは、その場に凍りつき、シーシーと音を発している。ブロムがフードから頭を出し、杖《つえ》を手にもって、急ぎ足で近づいてきた。マントの男たちは、ブロムの視界からはずれたところにいる。エラゴンは警告しようとしたが、舌も腕もちらとも動かない。「エラゴン！」ブロムがまた声をあげる。男たちは、エラゴンに最後の一瞥《いちべつ》をくれ、建物のあいだへするりと消えていった。

エラゴンは地面にへたりこみ、ふるえだした。額に玉の汗がふき出し、掌にもねっとり汗をかいている。老人はエラゴンに手をさし出し、力強い腕で引きあげた。「具合が悪そうじゃな。だいじょうぶか？」

エラゴンは大きく息をすいこみ、無言でうなずいた。あたりをさぐるかのように、目玉がせわしなく動いている。「とつぜんめまいがして……もうだいじょうぶ。おかしいな……なんでこんなふうになったんだろう」

「たいしたことはないじゃろうが」ブロムがいった。「早く家に帰ったほうがよいな」

そうだ、早く帰らなくちゃ！　あいつらがたどり着かないうちに。「うん、そうみたいだね。病気かもしれないから」

「ではなおさら、わが家にいるのがいちばんじゃ。長い道のりだが、着くころにはずいぶんよくなっておるだろう。どれ、そのへんまで送っていこう」エラゴンはおとなしくブロムに腕を引かれ、歩きだした。ブロムの杖《つえ》が雪にささる音を聞きながら、ふたりは足早に家々の前を通りすぎた。

「どうしてぼくをさがしてたの？」

ブロムは肩をすくめた。「たんなる好奇心じゃ。おまえが村に来とると聞いたものでのう、旅商人の名前を思い出したかと思ったのだ」

旅商人？　なんの話？　エラゴンはぽかんとして老人を見た。彼の困惑が、ブロムのさぐるような視線につかまった。「いや」といって、いい直す。「残念ながら、まだ思い出してないんだ」

ブロムはなにかを悟ったかのように荒いため息をつき、鷲鼻《わしばな》をこすりながらいった。「そうか、では……もし思い出したら、教えに来ておくれ。その旅商人、ドラゴンのことをさもよく知っとるみたいにいってたらしいから、気になってしょうがない」エラゴンは気もそぞろでうなずいた。ふたりはしばらくだまって歩き続けた。

「さあ、急いで帰りなさい。途中、道草など食わんほうがいいぞ」ブロムはそういって、節くれ立った手をさし出した。

エラゴンは老人と握手した。手を放す瞬間、ブロムの手がエラゴンの手袋までいっしょに引っぱってしまった。老人は地面に落ちた手袋を拾いあげ、「そそっかしいのう」とあやまって、エラゴンにさし出した。手袋を受けとろうとしたとき、ブロムは力強い指でエラゴンの手首をつかみ、くるりと上向きにねじった。ふいに、掌の銀色の跡があらわになった。ブロムはちらっと目をあげたが、なにをいうでもなく、エラゴンが手を引っこめて手袋をはめるのを見ていた。

「それじゃ」エラゴンはうろたえたまま、逃げるようにそこをはなれ、道を歩きだした。うしろから、ブロムのふく楽しげな口笛が聞こえてきた。

10

運命の飛行

帰路を急ぐエラゴンの心は、激しくかきみだれていた。どんなに息苦しくなろうと、けっして足をとめず、もてる力をふりしぼって駆けた。冷たい道をひた走りながら、サフィラへむけて思いを投げかけるが、居場所が遠すぎて接触することができない。ギャロウになんといおうか考えてみた。もはや迷ってなどいられない。サフィラのことを話すしかないのだ。

息を切らし、心臓を弾ませながら、なんとか家に帰り着いた。ギャロウは馬といっしょに納屋のそばに立っていた。エラゴンはためらった。今すぐ話すべきだろうか？だけど、サフィラを見なければ、伯父さんは信じてくれないだろう——まずサフィラを見つけなければ。彼は家の裏手にまわり、森へ入った。〔サフィラ！〕心のなかでさけぶ。

〔今行く〕おぼろに返事が聞こえた。その言葉から、サフィラの警戒心を感じた。エラゴンはじっと待った。が、長く待つことなく、ドラゴンの翼の音が響いてきた。サフィラは土煙を浴びながら着地した。〔なにがあった?〕

彼はサフィラの肩に手をのせ、目を閉じた。心を落ち着かせ、なにがあったかを急いで伝えようとした。だが、黒マントの男たちの話をしたところで、サフィラがはっと飛びのいた。うしろ足で立ちあがり、耳を聾《ろう》さんばかりのうなりをあげ、真上からしっぽをびしびしとふりおろしてくる。エラゴンはぎょっとして、雪にたたきつける尾の下をかいくぐってあとずさった。血への渇望と恐怖が、吐き気をもよおすほどのうねりにまみれ、サフィラのなかからおしよせてきた。〔炎! 敵! 死! 殺戮《さつりく》!〕〔どうしたんだ!〕エラゴンはその言葉を必死で伝えた。しかし、サフィラの心には鉄の壁がはりめぐらされ、意識を読みとることができない。サフィラはふたたび咆哮《ほうこう》し、凍った地表に鉤爪《かぎづめ》をつき立て、雪をえぐりとった。〔やめろ! ギャロウに聞こえる!〕

〔誓いはやぶられ、魂は消され、卵は破壊された! 国じゅうに血が! 殺戮が!〕

エラゴンは死にものぐるいでサフィラの感情をさえぎり、ふりおろされる尾に視線をむけた。尾が地面にたたきつけられた瞬間、サフィラのわきへ猛然と駆けだした。背中の角に手をのばし、首のつけ根の小さなくぼみによじのぼる。サフィラがまたうしろ足で立ちあがるのを、突起にしがみついてこらえた。

「やめろ、サフィラ！」エラゴンはどなった。サフィラの意識の放出がぴたりとやんだ。エラゴンはドラゴンの鱗《うろこ》をさすっていった。「なにも心配しなくていいんだよ」サフィラは頭をかがめると、翼をあげた。そして一瞬ためらってから、翼をバサリとふりおろし、空へ飛び立った。

エラゴンは悲鳴をあげた。たちまち地面が遠くなり、木々の梢《こずえ》までが下へ下へと遠ざかっていく。気流の激しさに、空気をすうことさえままならない。サフィラは彼の恐慌など気にもとめず、スパインへむけて翼をかたむけた。ちらりと目をやると、はるか下方に農場とアノラ川が見える。彼は胃のなかがのたくるのを感じた。サフィラの首にしがみつき、目の前の鱗に視線をこらし、必死で吐き気をこらえる。サフィラはまだ上昇を続けていた。やがて水平飛行をはじめると、エラゴンはかろうじてあたりに目をやる気になれた。

強烈な寒さで、まつげに厚い霜がはりついていた。やがて、エラゴンの予想よりはるかに早く、スパインが見えてきた。上空から見る山々の峰は、巨大な鋭い牙をむいて、彼らを八つ裂きにしようと待ちかまえているかのようだ。サフィラがぐらりとゆれると、エラゴンはわき腹のほうへ自分の体をずりあげた。口のなかに苦いものがこみあげ、唇をぬぐってふたたびサフィラの首に顔をうずめた。

〔もどらなくちゃならないんだ〕彼はうったえた。〔マントの男たちが農場へやってくる。ギャロウに知らせなくちゃ。だから、もどるんだ！〕答えがない。サフィラの心は恐怖と怒りの壁でさえぎられ、触れることができない。説得したい一心で、その心の鎧《よろい》を乱暴にぶちやぶろうとした。かたい鎧の下にひそむもろい部分をついて、なんとか話しかけようとした。しかし、できなかった。

まもなく彼らは、花崗《かこう》岩の崖もあらわな白い巨大な壁にかこまれた。山々の合い間には、青く冷たい川が凍りついたかのように横たわり、さらにその下には峡谷がぱっくりと口をあけてのびている。サフィラが上空に現れると、うろたえた鳥たちが甲高い声で騒ぎはじめた。岩だらけの崖には、岩棚づたいに移動している山羊の群れが見えた。

サフィラの巻きあげる風がごうごうと体にあたり、首を動かすたびに左右にゆさぶられる。サファイラはまるで疲れなど知らないかのようだ。エラゴンは、ひと晩じゅう飛び続ける気なのだろうかと不安になった。やがて日が落ちるころ、ついにサフィラは翼をかたむけ、軽く降下をはじめた。

エラゴンは前方を見おろした。サフィラはおそらく、谷間の開けた場所におりようとしているのだろう。螺旋《らせん》を描きながら徐々に下降し、木々の上方へとただようようにおりていく。地面が近づくと、翼に風をたっぷりはらませ、体を引きあげるようにしてうしろ足をおろした。着地の衝撃をやわらげるために、太い筋肉が力強くうねるのがわかる。四本の足が地面につくと、サフィラはひょいとはねてバランスをとった。その翼が閉じるのを待たず、エラゴンは背中からすべりおりた。

地面に足をおろしたとたん、ひざの力がぬけ、エラゴンは雪の上に頬をついてたおれこんだ。足にたえがたい激痛が走った。息がつまり、目に涙がにじんできた。長いあいだサフィラにしがみついていたので、足の筋肉が激しく痙攣《けいれん》している。ふるえながらあおむけになり、力をふりしぼって手足をのばし、なんとか足もとを見おろした。毛織のズボンの内ももに、黒っぽいしみがひろがっている。手をおろして触れてみた。べっとりとぬれている。あわててズボンをおろし、思わず顔をしかめた。内ももの肉が赤くただれて出血している。サフィラのかたい鱗《うろこ》で、皮膚がむけてしまったのだ。おそるおそる赤むけを手でさわり、その痛さに縮みあがった。ズボンをあげると、まぎれこんだ雪粒が傷口をこすり、悲鳴をあげた。体を起こそうとしても、足が満足に立ってくれない。

日が暮れて、あたりの景色はうっすらとしか見えなくなっていた。暗くかげる山々は、まるで見なれない景色だ。ここはスパインのどこなんだ？　さっぱりわからない。こんな真冬に、頭のおかしくなったドラゴンとふたりきり。歩くこともできなければ、寒さをしのぐ場所も見つからない。しかも、もう夜。農場へはあした帰るしかない。またドラゴンの背に乗って帰るしかないが、この傷じゃたえられそうもない。エラゴンは深いため息をついた。あーあ、サフィラが火を吐ければなあ……。彼は首をまわし、地面にうずくまるサフィラを見た。わき腹に手をのせると、そのふるえが伝わってきた。心の壁はとりはらわれているのだ。壁がなくなった今、サフィラの強いおびえで、体じゅうがこがされるようだ。エラゴンは、おびえの意識をおさえつけ、サフィラをなだめるためにおだやかなイメージを思い浮かべた。

〈なぜ黒マントの男たちをこわがった？〉

〔殺戮者《さつりくしゃ》だから〕サフィラがうなる。
〔じゃあ、ギャロウの身があぶないのに、おまえはぼくをさらって、こんなバカげた旅に連れ出したのか！　おまえ、ぼくを守れないんだろう〕サフィラは太くうなり、ガチリと歯を鳴らした。〔へえ、守れるんなら、なぜ逃げたんだよ〕
〔死は毒だから〕
エラゴンは片肘によりかかり、いらだちをおさえようとした。〔サフィラ、ここがどこか見てみろよ！　日は暮れるし、おまえの鱗《うろこ》のおかげで、ぼくの足の皮は魚の鱗みたいにかんたんにはがれちまうし。これがおまえの望みなのか？〕
〔ちがう〕
〔じゃあ、なぜなんだ？〕エラゴンは問いつめた。意識の糸を通して、サフィラから、彼の痛みへの反省の念は伝わってくるが、やったことについて悔いてる様子はない。サフィラは顔をそむけ、返事をこばんでいる。氷点下の寒さで、エラゴンの足は感覚がなくなっていた。おかげで痛みをあまり感じずにすむが、ひどい状態であることに変わりはない。彼は話題を変えてみることにした。〔このままだとぼくはこごえ死んでしまうぞ。寒さから身を守る囲いか穴でもつくってくれよ。松葉や小枝なんか

もあるともっといい〉
きびしい質問が終わり、サフィラはほっとしたようだ。〈その必要はない。わたしの体と翼で、あなたをくるんであげられる――わたしの体内の炎で寒さはふせげるはず〉
エラゴンは雪の上に頭をドンとおろした。〈よし。でも、地面の雪をよけてくれよ。そのほうがもっと暖かいから〉返事のかわりに、サフィラはふきだまりに尾をたたきつけ、あっという間に雪をはらいのけた。そして、同じところに尾をもうひとふりし、十センチ残ったかたい雪をこそげとった。エラゴンはあらわになった土を顔をしかめて見やった。〈そこまでひとりで歩いていけないよ〉彼の胴体よりも大きいサフィラの頭が、頭上からおりて来て、かたわらにふせた。エラゴンはサファイアブルーの大きな目をにらみ、象牙色の突起のひとつを両手でつかんだ。サフィラは頭をもたげ、ゆっくりと彼を引きずりはじめた。〈そっと、そーっとだぞ〉途中、石の上を乗りこえるとき、目の前に星がちらついたが、なんとかたえた。土の上にエラゴンをおろすと、サフィラは温かな腹部をさらして、横向きに寝そべった。エラゴンはそのなめらかな鱗《うろこ》に体をすりよせた。サフィラが翼をひろげ、彼をすっぽりと抱きこむと、エラゴンは生きたテントのなかで完全な闇に包まれた。まもなく、なかの空気が暖まりはじめた。

エラゴンはコートの袖をぬき、マフラーがわりに首に巻きつけた。そのとき初めて、ひどい空腹感に気づいた。だがそれすらも、いちばんの不安を忘れさせるほどではなかった。黒マントの男たちが行き着く前に、農場へもどれるだろうか？　もどれなかったら、いったいどうなってしまうのか？　たとえまたサフィラに乗って飛べたとしても、帰り着くのは早くてもあしたの午後になる。黒マントたちはそれよりずっと早く着くかもしれない。目を閉じると、頬にひと筋、涙が伝うのを感じた。ぼくは、なんてことをしてしまったんだろう？

11

罪なき者の運命《さだめ》

目をあけたとき、エラゴンは、空が落ちてきたのかと思った。青の平面が頭上いっぱいにひろがり、地面へとゆるやかにおりている。寝ぼけ半分でそっと手をのばすと、うすい膜が指に触れた。それがなんであるか気づくのに、しばらくかかった。すこしだけ首をかたむけ、自分が頭をのせている鱗《うろこ》だらけの腰骨をにらみつける。胎児の姿勢からそろそろと足をほどくと、かさぶたが割れるような音がした。痛みは昨日よりおさまっているものの、歩くことを考えただけで身がすくむ。すさまじい空腹感におそわれ、昨日からなにも食べていないことを思い出した。力をふりしぼるようにして体を動かし、サフィラのわき腹を弱々しくたたいた。「おい！　起きろ！」声をはりあげる。

サフィラが目を覚まし、翼をもちあげた。さっと日の光がさしこんでくる。エラゴンは銀世界のまぶしさに目をすがめた。かたわらでは、サフィラがネコのように体をのばし、白い歯をずらりと見せてあくびをしている。雪の白さに目がなれたところで、エラゴンはここがどこなのか考えてみた。まわりには見なれぬ山々が威圧するようにそびえ、谷間に濃い影を落としている。目を転じると、雪の上に一本の筋がついているのが見える。筋は林のなかへとつながっており、その先からゴボゴボとくぐもった川の音が響いてくる。

エラゴンはうめきながらよろよろと立ちあがり、ぎこちない足どりで歩きだした。一本の立ち木にたどり着くと、枝をつかんでそこに全体重をかけた。枝はしばしもちこたえたあと、大きな音を立てて折れた。こまかい枝をはらい、先端をわきにはさみ、もう片はしをしっかりと地面につける。即席の松葉杖《まつばづえ》の助けを借りて、エラゴンは氷におおわれた川をめざして、林のなかへのろのろと進んでいった。かたい氷を割り、さすように冷たい澄んだ水をすくいあげ、ぞんぶんに飲むと、また雪の上をもどりだした。林から出て、目の前の山なみや地形をあらためて見たとき、初めてここがどこであるかに気がついた。

ここは、すさまじい爆音とともにサフィラの卵が現れた場所だ。エラゴンはざらついた木の幹にへなへなとよりかかった。まちがいなくあの場所だ。爆風の衝撃で葉を飛ばされた灰色の松の木もちゃんとある。サフィラにはどうしてここがわかったんだろう？　あのときは、まだ卵のなかにいたのに。ぼくの記憶がサフィラにここを教えたんだろうか？　エラゴンはひそかにおどろいて、首をふった。

サフィラはおとなしく彼のことを待っていた。〈サフィラ、ぼくを家へ連れて帰ってくれないか？〉たずねると、ドラゴンは首をかしげた。〈気が進まないのはわかってるよ。だけど、行かなきゃならないんだ。ギャロウ伯父さんは、どちらにとっても恩人だろ。ぼくは伯父さんに育てられ、そのぼくに、おまえは育てられたんだからな。おまえは、そういう恩義を無視するのか？　今もどらなかったら、将来なんと語り継がれるだろうな？　伯父さんに危険がせまっているのに、こそこそかくれてた臆病者たち？　みんなが話す声が聞こえてくるようだよ——ライダーと卑怯《ひきょう》なドラゴンの物語が！　たとえ戦いが待っているとしても、立ちむかわなくちゃ。逃げてちゃだめだよ。おまえはドラゴンなんだ！　シェイドだって恐れをなすドラゴンなんだ！　なのにおまえは、こんな山のなかでウサギみたいにうずくまっておびえているのか！〉

サフィラをおこらせようというエラゴンの思惑はあたった。サフィラはのどをふるわせてうなり、エラゴンの顔すれすれのところまで頭をつき出してきた。鼻から煙をもらし、牙をむき出して彼をにらみつけている。いいすぎただろうかとエラゴンは心配になった。サフィラの意識が真っ赤な怒りを帯びて近づいてきた。〔たとえ血で血を洗うことになろうと、わたしは戦う。それがわれわれのウィアダ――運命だから。でも、それでわたしをしばろうなどとしないで。あなたを連れていくのは、恩義のため。愚かなことだとわかっているけれど〕

「愚かだろうとなんだろうと、ほかに道はない!」エラゴンは声をはりあげた。「――行くしかないんだよ」シャツを半分にさき、ズボンの両ももにおしこんだ。サフィラの背にそろそろとのぼり、首にしがみついた。〔今度は低く、速く飛ぶんだぞ〕彼はサフィラにいった。〔一秒もムダにできないからな〕

〔手を放さないで〕サフィラはそういって舞いあがった。森の上まであがると、すぐに上昇をやめ、木々の梢《こずえ》すれすれのところをまっすぐに飛びはじめた。エラゴンは胃のなかがうねるのを感じ、空腹でよかったと思った。

〔速く、速く〕彼は急き立てた。サフィラはなにもこたえず、しかし、翼の羽ばたきを一段と速くする。エラゴンは目をつぶり、背中を丸めていた。両ももの詰め物が役に立ってくれればいいと思うが、ちょっとした動きにも、もものあいだに激痛が走る。たちまちふくらはぎに温かい血の筋が流れてきた。サフィラから心配の念が伝わってきた。今やサフィラは翼をいっぱいにはり、これ以上ないほど速く羽ばたかせている。地上の景色は、まるで引きはがされるかのように速くすぎていく。下から見あげれば、自分たちは一瞬のしみにしか見えないだろう。

午前中のうちに、前方にパランカー谷が見えてきた。南は視界が雲にさえぎられている。カーヴァホールは北の方角だ。サフィラは高度をさげて飛び、その背でエラゴンは自分たちの農場をさがした。ついに農場を見つけたとき、エラゴンは恐怖におののいた。そこに黒々とした煙が立ちのぼり、煙の下には朱色の炎が見えている。

〔サフィラ！〕エラゴンは指さした。〔あそこだ、おりろ、急いで！〕

翼をひたと固定すると、サフィラは恐ろしいほどの速度で地表へむけて降下をはじめた。木々が近づくにつれ、降下の角度が微調整される。エラゴンはビュンビュンうなる風に負けじと声をあげた。「あそこの畑におりるんだ！」さらにしっかりサフィラにしがみつく。地上からほんの三十メートルまで急降下すると、サフィラは翼を数回激しく動かし、ずしっと着地した。その衝撃で手がはずれ、エラゴンは地面にすべり落ちた。よろよろと立ちあがった瞬間、唖然《あぜん》として息をのんだ。

家がこっぱみじんにこわされている。壁や屋根だったはずの材木や板があたり一面にふき飛ばされ、しかも、巨大ハンマーでたたきつぶされたように粉々にされている。そこらじゅうにころがるすすだらけの屋根板。ぐにゃりと曲がった金属板のかけらは、かろうじてストーブの残骸だとわかる。飛び散った陶器や煙突のレンガで、雪に点々と穴があいている。納屋はきなくさい強烈なにおいを発しながら、いまだに激しく燃えている。動物たちの姿は見えない。殺されたのか、恐慌を来して逃げたのか。

「伯父さーん!」瓦礫《がれき》の山のなかを、ギャロウをさがして駆けずりまわるが、それらしき姿はいっこうに見えない。「伯父さーん!」エラゴンは声をふりしぼった。サフィラは家の周囲をまわってもどってきた。

〈悲しいことになった〉サフィラはいった。

「おまえがぼくを乗せて逃げなかったら、こんなことにはならなかったんだぞ!」

〈ここにいたら、あなたは生きてはいられなかった〉

「これを見ろ!」エラゴンはさけんだ。「危険だと知らせてやれば助かったんだ!

伯父さんが逃げられなかったのは、おまえのせいだ！」にぎった拳を柱にぶつけると、皮膚が切れた。指から血をたらし、エラゴンは家の残骸からはなれた。街道へつながる小道へ出て、雪の上にかがみこんだ。足跡がついているようだが、視界がぼやけてよく見えない。このまま目が見えなくなるんだろうか？ ふるえる手で頬に触れ、涙でぬれていたことに気づいた。

目の前が暗くかげり、サフィラが頭上からのっそりと現れて、彼を翼で包みこんだ。〔希望はある。すべてが失われたとはかぎらない〕エラゴンは期待をこめてサフィラを見あげた。〔足跡を見て。わたしの目にはふた組の足跡しか見えない。ギャロウはここから連れ去られてはいないはず〕

エラゴンは雪に目をこらした。たしかに、家へむけてふた組の革ブーツの足跡がかすかについている。その上に、今度は家からはなれていく同じふた組のブーツの跡。〔おまえのいうとおりだ、伯父さんはここにいる！〕エラゴンは飛びあがり、急いで家へもどった。

〔わたしは建物のまわりと、森のなかをさがしてこよう〕サフィラがいった。

エラゴンは台所のあった場所を這《は》いまわり、くるったように瓦礫《がれき》をほりはじめた。

ふだんなら動かせないような残骸が、ひとりでに動くかのように軽々とほり出されていく。原形のまま残っていた大きな棚でさえ、ほんの一瞬てこずっただけでもちあげて放り投げた。板を引きはがしているとき、背後でカサッと音がした。とっさにふりむき、身がまえた。

つぶれた屋根の一部分から、一本の腕が見えている。エラゴンは弱々しく動くその手に飛びついてさけんだ。「伯父さん、ぼくだよ、聞こえる?」返事はない。木の破片が手につきささるのもかまわず屋根板を引きさくと、腕と肩が見えてきた。だが重い梁《はり》がじゃまをして、ギャロウを引き出すことができない。肩をおしつけ、全身の力をこめておしてみるが、梁はびくともしない。「サフィラ! 助けてくれ!」

サフィラはすぐに現れた。板をミシミシ響かせて、こわれた壁の上を歩いてくる。サフィラは無言でエラゴンの横へ進み、わき腹を梁におしつけた。床の残骸に鉤爪《かぎづめ》が食いこみ、筋肉がかたくはりつめる。キリキリと耳ざわりな音を発して梁がもちあがると、エラゴンはすぐさまその下へもぐりこんだ。ギャロウは腹這《はらば》いでたおれていた。衣服はぼろぼろに引きさかれている。エラゴンは瓦礫《がれき》のなかからギャロウを引きずり出した。完全に体が出ると、サフィラは力をゆるめ、梁を床に放り出した。

エラゴンはこわれた家からギャロウを引っぱり出し、地面に寝かせた。伯父の体をさわりながら、その姿に愕然《がくぜん》とする。土気色の皮膚は、高熱で体じゅうの水分が煮えてしまったかのように、ひからびて生気がない。唇はさけ、頬骨の上が大きくすりむけている。が、最悪なのはそれらではない。全身のひどい火傷《やけど》だ。焼けただれた皮膚は白変し、透明な液体がしみ出ている。あまったるい、いやなにおいがからみついてくる——腐った果実のにおいだ。のどからは、死ぬ間際のような短い突発的な呼吸が聞こえてくる。

〈殺戮《さつりく》〉サフィラがうなる。

〈そんなことというな。伯父さんは助かるんだ！　ガートルードのところへ連れていかなくちゃ。だけど、カーヴァホールまで運ぶなんて、ぼくには無理だ〉

サフィラが、ギャロウをつるして飛ぶイメージを送ってきた。

〈ふたりもいっしょに運べるのか？〉

〈たぶん〉

エラゴンは瓦礫《がれき》をほって、ちょうどいい大きさの板と革ひもをさがし出した。板の四すみにサフィラの鉤爪《かぎづめ》で穴をあけさせ、そこに革ひもを通し、前足に結びつけた。

結び目がほどけないことをたしかめると、ギャロウをころがして板に乗せ、体をしっかりとしばりつける。ふと、ギャロウの手から、黒い布切れがすべり落ちた。やはり黒マントの男たちだったのだ。エラゴンは憤怒《ふんぬ》に駆られながら、布切れをポケットにおしこんでサフィラにまたがった。そして目を閉じ、足の痛みが落ち着くのを待った。〔よし！〕

　サフィラはうしろ足を地面にめりこませて飛び立った。翼で空気をかきながら、ゆっくりと上昇をこころみる。腱《けん》が浮き出るほど翼をはり、必死で重力と闘っている。長く苦しげな数秒ののち、サフィラの体は前へ力強く飛び出し、そのまま空高く舞いあがった。森の上空まで来ると、エラゴンはいった。〔道をたどって飛ぶんだ。おりたくなったらいつでもおりられるように〕

〔姿を見られてしまう〕

〔今はそんなことといってられない！〕

　サフィラはそれ以上さからわず、道の上空へ向きを変え、カーヴァホールへむかった。下ではギャロウが激しくゆれている。落ちないようにささえているのは、細い革ひもだけだ。

ふたり分の体重が、サフィラの飛行速度を遅くした。すこし飛んだだけで、首がたれ、口から泡がもれてきた。なんとか飛び続けようとしたものの、カーヴァホールまであと五キロというところで、サフィラは羽ばたきをとめ、しずむように道へおりていった。

雪煙とともに、サフィラはうしろ足で着地した。ふり落とされたエラゴンは、痛めた足をかばいながら横向きで地面にぶつかった。ふんばって起きあがり、前足のひもをほどいた。サフィラの荒い息づかいが空気を満たしていた。〔安全な場所をさがして休んでてくれ〕エラゴンはいった。〔どれくらいでもどれるかわからないから、しばらくおまえをひとりにすることになる〕

〔待っている〕サフィラはこたえた。

エラゴンは歯を食いしばり、ギャロウを引きずって道を歩きだした。最初のほんの数歩をふみ出すだけで、とてつもない激痛が走る。「ぼくにはできないよ！」空にむかってさけび、また数歩進む。口はゆがんだままだ。彼はただ地面だけをにらみつけ、けんめいに歩き続けようとした。それは思うようにならないわが身との闘いだった——ぜったいに負けてはならない闘いだった。時間は這《は》うようにのろのろとすぎていく。それぞれの距離が、いつもの何倍にも長く感じられた。カーヴァホールはまだ存在するのか、黒マントの男たちに焼きはらわれているのではないか、そんな絶望的な思いさえ頭をよぎる。やがて痛みの靄《もや》のなかから、だれかのさけぶ声が聞こえ、顔をあげた。

ブロムの走ってくる姿が見えた――目を見開き、髪はみだれ、頭の片側にかわいた血がこびりついている。腕を大きくふって杖《つえ》を放り出し、エラゴンの肩をつかんで大声でなにかをまくし立てる。エラゴンはわけがわからず目をしばたたかせた。と、なんの前ぶれもなく、目前に地面がせまってきた。血の味を感じながら、彼は意識を失った。

12
重態

エラゴンの頭のなかで、夢がわがもの顔であばれまわり、好き勝手な情景をつくり出していた。ものさびしい一本の川へ、りっぱな騎馬の一団が近づいてくる。騎乗している人々は、ほとんどが銀色の髪。それぞれに槍《やり》をたずさえている。川には、月の光に照らされて、美しい風変わりな船が待っている。人々はのろのろと船に乗りこんでいく。まわりより一段と背の高いふたりが、たがいの腕を組みあって歩いている。顔はフードでよく見えないが、ひとりは女だとわかる。彼らは船の甲板に立って岸を見ている。砂利の岸辺に立っているのは、ただひとり船に乗らなかった男だ。男は頭をのけぞらせ、長く悲痛なさけびをもらす。声が消えるころ、船は風もオールもなしに、ゆっくりと川をすべりだしていった。住む人のない平原へむかって——そこで視界はぼやける。だがその情景が消えるまぎわ、エラゴンは空を舞う二頭のドラゴンを見た。

最初エラゴンは、なにかがきしるような音に気づいた。キーキー、キーキー。鳴りやまないその音に目をあけると、藁《わら》ぶき屋根の裏側が見えた。自分の裸の体には、目のあらい毛布がかけられている。足には包帯が巻かれ、手の指はきれいな布でおおわれている。

そこは、ひと部屋だけのあばら屋だった。テーブルには茶碗《ちゃわん》や鉢植えのほかに、乳鉢と乳棒が置かれている。壁には乾燥させた草が何束もつるされ、自然の土の香りが強く立ちこめている。暖炉では炎が踊り、その前に籐のゆり椅子が置かれている。すわっているのは丸々と太った婦人。村の治療師、ガートルードだ。頭をだらりとたれ、目をつぶっている。ひざの上には二本の編み針と、毛糸の玉がのったままだ。

なけなしの気力をふるい起こし、エラゴンは体を起こした。起きあがると、頭がはっきりしてきた。二日前からの記憶をより分けてみる。最初に思い出したのはギャロウのこと、次がサフィラだった。安全な場所にかくれていればいいけど。サフィラに意識を送ろうとするが、うまく行かない。いずれにしろ、カーヴァホールからそれほどはなれたところにはいないはずだ。ブロムがなんとかしてぼくをカーヴァホールまで運んでくれたんだ。それにしても、ブロムの身になにがあったんだろう？　あんなに血だらけになって――。

ガートルードが目を覚まし、きらきらしたその目でエラゴンを見た。「あらま」彼女はいった。「よかった！　目が覚めたんだね」溌剌《はつらつ》とした声が響く。「気分はどうだい？」

「ずいぶんよくなりました。ギャロウはどこですか？」

ガートルードはベッドのそばに椅子を引きずってきた。「ホーストのところだよ。うちにはふたりも寝かせる場所がないからね。おかげであたしは、ふたりのめんどうをみるのに、あっちへ行ったりこっちへ来たり、気の休まるひまがなかったよ」

エラゴンは不安をのみこんでたずねた。「伯父さんはどうなったんですか？」

ガートルードは自分の手に目を落とし、返事をためらった。「あまりよくないね。熱がいっこうにさがらないし、火傷《やけど》の具合も悪い」

「ぼく、会いに行かなくちゃ」エラゴンは立ちあがろうとした。

「なにか食べてからだよ」ガートルードはぴしゃりといって、彼をおしもどした。

「その傷をまた悪化させるために、今まであんたのそばに付きそってたわけじゃないんだからね。その足は、皮膚の半分がはがれてたんだ。熱もゆうべさがったばかりだし。ギャロウのことは心配しなくていい。きっとよくなるさ。彼は強い男だからね」ガートルードはやかんを暖炉の火にかけ、スープに入れる白人参をきざみはじめた。

「ぼく、どれくらい眠ってたんですか?」

「丸二日さ」

丸二日! ということは、丸々四日間なにも食べていないのだ。考えただけで、体の力がぬけていくようだった。二日間ずっと、サフィラはひとりきりだったんだ。無事だといいけれど。

「なにがあったのか、村じゅうが知りたがってる。農場を見に行かせたそうだよ。めちゃめちゃになってたらしいね」エラゴンはうなずいた。いやというほどわかっていることだ。「納屋は焼かれて……ギャロウの火傷《やけど》はそのせいかい?」

「それは……わからないんです」エラゴンはいった。「ぼくはその場にいなかったから」

「まあ、いいよ。今にすべてはっきりするさ」ガートルードは編み物の手を動かしながら、スープの煮えるのを待っている。「掌に、すごい傷跡があるんだね」

エラゴンは反射的に手をにぎりしめた。「ええ」

「なんの傷だい？」

もっともらしい答えが、いくつか頭をよぎる。いちばん単純なのを使うことにした。「物心ついたときからあったんです。なんの傷か、伯父さんにきいたこともないし」

「ふうん」スープがぐらぐら煮立つまで、しばらく静寂が続いた。ガートルードは椀《わん》にスープを注ぎ、スプーンをつけてさし出した。エラゴンは素直にそれを受けとり、ひと口ゆっくりとすすった。とてもおいしかった。

飲み終わると、彼はすぐにたずねた。「もう伯父さんのところへ行っていいですか？」

ガートルードがため息をつく。「あんた、いいだしたらきかないね。そうかい、そんなに行きたいなら、あたしはとめないよ。服を着たら出かけよう」

ガートルードが背中をむけているあいだ、エラゴンは包帯の下の傷の痛みに顔をゆがめながらズボンをはき、シャツをはおった。そして彼女の手を借りて立ちあがった。足は弱っているが、最初ほどの痛みはない。

「すこし歩いてごらん」ガートルードはそう指示して、冷ややかな目で観察する。

「少なくとも、這《は》っていかなくてもすみそうだね」

外へ出ると、荒れくるう風で、近くの民家の煙がまともにふきつけてきた。嵐を呼ぶ雲がスパインをおおいかくし、峡谷までおりて来ている。山すそをかすませる雪のカーテンが、じわじわとカーヴァホールへ近づいている。エラゴンはガートルードにもたれかかり、村のなかを進んでいった。

ホーストの二階建ての家は、丘の頂上にある。山の眺望を楽しむためだ。ホーストは技術のすべてをおしみなくその家につぎこんだ。二階の大きな窓からバルコニーがはり出し、その上に石屋根が影を落としている。それぞれの樋口《ひぐち》は恐ろしい形相のガーゴイル、窓や扉の枠はどれも、ヘビや牡《お》ジカ、ワタリガラス、ブドウの蔓《つる》などの彫刻がほどこされている。

ホーストの夫人、エレインが扉をあけてくれた。小柄でほっそりとした女性だ。顔立ちは上品で、つややかな金髪をひとつにゆわえている。落ち着いたドレスをまとい、身のこなしはしとやかだ。「どうぞ、お入りになって」夫人は静かにいった。エラゴンたちは戸口から、明るい灯火《ともしび》のともる大きな部屋へ入った。光沢のある手すりにかこわれた階段が、曲線を描くようにのびている。壁は一面ハチミツ色だ。エレインはエラゴンに悲しげな笑みをむけてから、ガートルードにいった。「あなたを呼びに行かせようと思ってたのよ。ギャロウがあまりよくないの。早くみてあげて」

「じゃあエレイン、エラゴンに階段をのぼらせてあげて」ガートルードはそういって、階段を一段飛ばしで駆けのぼっていった。

「いいです、ぼくひとりでのぼれるから」

「だいじょうぶなの?」エレインがたずねた。エラゴンはうなずくが、夫人は気づかわしげな顔を見せる。「それじゃあ……終わったらキッチンにおりてらっしゃい。あなたの好きな焼きたてのパイがありますからね」夫人の姿が消えると、エラゴンはそこに壁があることに感謝しつつ全身をあずけた。そして痛みをこらえて一段ずつ、階段をのぼりはじめた。上までたどり着くと、長い廊下に扉がいくつもならんでいた。いちばん奥の扉がかすかに開いている。深呼吸をして、足をふみ出した。

　部屋のなかでは、暖炉の前でカトリーナが包帯用の布を煮沸《しゃふつ》していた。彼女は顔をあげ、エラゴンになぐさめの言葉をつぶやき、また仕事にもどった。ガートルードはその横で、湿布用の薬草をすっている。足もとのバケツには、とけかかった雪が入っている。

ギャロウは何枚もの毛布をかけられ、ベッドに寝かされていた。眉に汗がたまり、まぶたの下で目の玉が不規則にゆれている。顔の皮膚は死体のようにしなびている。浅い息づかいがかろうじてわかるだけで、あとはぴくりとも動かない。現実のこととは思えぬまま、エラゴンは伯父の額に手をのせた。焼けるように熱い。毛布のへりをおそるおそるもちあげると、体じゅうに包帯が巻かれていた。包帯をとりかえるために、傷口があらわになっているところを見たが、火傷《やけど》はすこしもよくなっていなかった。エラゴンは絶望的な目でガートルードを見た。「どうにかならないんですか?」

ガートルードは氷水に布をひたし、冷たくなったその布でギャロウの頭部をおおった。「できることはすべてやってるんだよ。膏薬《こうやく》、湿布、チンキ剤。だけど、どれも効かないんだ。せめて傷口がふさがればいいんだけどねえ。いや、それでも、きっと望みはあるさ。ギャロウはじょうぶで強い男だからね」

エラゴンは部屋のすみに引っこみ、床にすわりこんだ。こんなふうになるはずじゃなかったのに! 静かすぎて頭がうまく働かなかった。彼はただぼんやりとベッドをながめていた。やがて、そばにひざまずくカトリーナの姿に気づいた。彼女はそっと肩を抱いてくれた。しかしエラゴンがだまったままでいると、はにかんだようにはなれていった。

しばらくして扉があき、ホーストが入ってきた。彼はガートルードと低い声で話したあと、エラゴンに近づいてきた。「おいで。ここから出たほうがいい」ホーストは有無をいわせずエラゴンを立たせ、追い立てるように部屋から出した。

「伯父さんのそばにいたいんだ」エラゴンはうったえた。

「すこし休んで、新鮮な空気をすわないといかんぞ。心配するな。またもどってくればいい」ホーストはなだめた。

エラゴンはホーストの手を借りて、しぶしぶ一階のキッチンへおりた。ならべられた皿から、スパイスとハーブのまじった刺激的な香りがただよってくる。エレインはキッチンでパンをこねながら、息子のアルブレックとバルドルと話をしていた。エラゴンが入っていくと、息子たちは口をつぐんだが、それがギャロウの話題であることはわかっていた。

「ほら、すわりなさい」ホーストが椅子をすすめた。

エラゴンは素直にしたがった。「ありがとう」手がすこしふるえているのに気づき、ひざをつかんでしずめた。目の前の皿には、いろいろな食べ物がうずたかく積まれている。

「無理に食べなくていいのよ。でも、その気になったら食べてね」エレインはそういって、料理にもどった。エラゴンはフォークをつかんだが、ほんの二口三口しかのどを通らなかった。

「気分はどうだ?」ホーストがたずねる。

「最悪だよ」

ホーストは一拍おいてからいった。「こんなときにたずねて悪いとは思うが、きいておかねばならないんだ……いったいなにがあった?」

「よく覚えてないんだ」

「エラゴン」ホーストが身を乗り出す。「おれも農場へ行ってみたんだぞ。おまえたちの家はただこわされてたなんて生やさしいもんじゃない――こっぱみじんだった。しかも家の周囲には、今まで見たことも聞いたこともない、巨大な野獣の足跡がついていた。おれだけじゃなく、ほかの連中も見てるんだ。もし、シェイドや怪物がうろついてるなら、村人は知っておかねばならない。それを話せるのは、おまえだけなんだぞ」

エラゴンは嘘《うそ》をつくしかないと思った。「カーヴァホールで……」日にちを数えてみる。「四日前、不審な連中がききまわってた……ぼくの拾った石のことを」彼はホーストをさした。「伯父さんにそう教えられて、急いで家に帰ったんだ」全員の目がエラゴンを見ていた。彼は唇をなめた。「その晩は……なにも起きなかった。次の朝、家の仕事が終わると、ぼくは森へ出かけていった。するとまもなくだった。爆発音が聞こえて、木立の上に煙がのぼって……ぼくはあわてて駆けもどった。だけど、やった連中の姿はもうなかった。それで、瓦礫《がれき》をほりおこして見つけたんだ……伯父さんを」

「それで、伯父さんを板に乗せて、村まで引きずってきたのか？」アルブレックがきいた。

「うん」エラゴンはこたえた。「でも、その前に街道へむかう道をたしかめてみた。雪の上にふた組の足跡がついてたんだ。両方とも人間のものらしかった」彼はポケットをさぐり、黒い布切れを取り出した。「伯父さんの手ににぎられていたんだ。不審な男たちが着てたものなんじゃないだろうか」布切れをテーブルにのせる。

「そうだ」ホーストがいった。その表情は、考えこんでいるようにもおこっているようにも見える。「それで、おまえの足はどうした？　なんでそんなケガをした？」

「よくわからないんだ」エラゴンは首をふった。「伯父さんを助け出しているときに、ケガしたんだと思うけど、あまり覚えてない。足から血がしたたってきて、初めて気がついたんだ」

「なんてこと！」エレインが声をあげる。

「その男たちを追うんだ！」アルブレックが興奮していう。「こんなことをさせて、見のがしておけるものか！　馬で追いかければ、あしたにはつかまえて引っ立ててこれる」

「愚かなことは考えるな」ホーストがいった。「おまえなど、赤子のようにつまれて、木に投げつけられて終わりだぞ。エラゴンの家がどうなったか知ってるだろう？　ああいう連中に、下手に手出しをするものではない。それにやつらは、ほしいものを手に入れたんだろう？」彼はエラゴンを見た。「石をもっていったんだろう？」

「家にはなかったよ」

「石を手に入れたのなら、もうもどってくる理由はないだろう」ホーストは射るような視線をエラゴンにむけた。「おまえ、巨大な足跡のことはなにもいわないのだな。どこから現れたか知ってるのか？」

エラゴンはかぶりをふった。「ぼくは見てないんだ」

バルドルがふいに口を開いた。「どうも気に食わない。なにもかも不思議なことだらけだ。その男たちの正体はなんなんだ？　シェイドか？　どうして石なんかほしがったんだろう？　なんであんなふうに家を破壊できたんだ？　恐ろしい魔法でも使ったんだろうか？　父さんのいうとおり、連中の望みは石だけかもしれない。でもおれは、やつらがまた現れそうな気がしてならないんだ」

みんながだまりこんだ。

なにかが心に引っかかっているのに、エラゴンにはそれがなんなのかわからなかった。が、やがて思い出した。エラゴンは重苦しい気持ちで、その言葉を口にした。「このこと、ローランは知らないんだよね？」ローランのことを忘れるなんて！

ホーストは首をふった。「おまえが出ていってまもなく、ローランとデンプトンが出発したんだ。途中、立ち往生でもしていなければ、セリンスフォードには二日前に着いてるはずだ。伝令を送ろうとしたんだが、昨日もおとといも、ひどい天気で出られなかった」

「おまえの目が覚めたら、おれとバルドルで出発しようと思ってたんだ」アルブレックがエラゴンにいった。

ホーストがあごひげをかきながらいう。「今から行ってこい。おれが鞍《くら》をつけるのを手伝ってやろう」

「ローランには、やんわりと伝えてくるからな」バルドルはエラゴンにそう約束し、ホーストとアルブレックを追ってキッチンを出ていった。

エラゴンはそこに残り、テーブルの木目にじっと目をこらしていた。彼の目には、その細部まで、いやになるほどくっきりと見えた——渦を巻く年輪、左右対称ではないこぶ、すこし色のちがう三つの小さなうね。木目の模様はかぎりなく続いている。見ようとすればするほど、目がはなせなくなる。そのなかに答えをさがすが、たとえかくされていたとしても、それは姿を見せてくれない。

がんがんする頭のなかに、かすかな声が響いた。外でだれかがさけんでいるようだ。エラゴンは放っておいた。きっとほかの人がこたえてくれるだろう。数分後、また聞こえた。さっきよりやかましい。エラゴンはむっとして、耳をふさいだ。どうして静かにしててくれないんだろう？　ギャロウが寝てるというのに。エレインを見たが、彼女には声が聞こえていないようだ。

〔エラゴン！〕あまりの大音声に、彼は椅子からすべり落ちそうになった。おどろいてあたりを見まわす。なにも変わった様子はない。そのときようやく、声が自分の頭のなかで響いていることに気づいた。

〔サフィラ？〕彼はおずおずとたずねた。

すこしの間。〔そう。耳が遠いこと〕

エラゴンはほっと胸をなでおろした。〔どこにいる？〕

サフィラから小さな木立のイメージが送られてきた。〔何度も接触しようとしたが、あなたはつかまらなかった〕

〔具合が悪かったんだ……でも、もう治った。どうしてもっと早く、おまえに気づかなかったんだろう？〕

〔ふた晩も待たされたから、空腹が我慢できず、狩りをしてしまった〕

〔なにかしとめたかい？〕

〔若い牡《お》ジカがいた。地上の敵に用心はしていても、空からおそわれるとは思ってもいなかったらしい。わたしが嚙《か》みついたら、猛烈にあばれて逃げようとしていた。でももちろん、わたしのほうが強い。抵抗してもムダとわかると、あきらめて息絶えた。ギャロウは死との闘いに勝てそうか？〕

〔まだわからない〕エラゴンはくわしく説明した。〔でも、長くかかりそうだ。しばらく農場へは帰れそうもない。少なくともあと二、三日はおまえに会いに行けないよ。しばらくひとりでくつろいでてくれないか〕

サフィラは不満そうにいった。〔まあいいが、あまり長くかからないように〕

ふたりは名残おしげに交信を終わらせた。エラゴンは窓の外を見て、日が暮れていることにおどろいた。ひどく疲れを感じ、ミートパイを油布《あぶらぬの》で包んでいるエレインのそばへ、よろよろと歩みよった。「ガートルードの家にもどって寝てきます」

エレインはパイを包みおえていった。「あなたもうちに泊まったらどうかしら？　そのほうが伯父さんのそばにいられるわ。ガートルードだって、一台しかないベッドをあなたに使わせてるんでしょう？」

「ぼくの泊まる部屋まであるんですか？」ためらいがちにたずねる。

「もちろんよ」エレインは手をふきながら歩きだした。「いらっしゃい。部屋を用意してあげるわ」エラゴンは夫人に連れられて二階の空き部屋へ入り、ベッドのはしに腰をおろした。「ほかにいるものはないかしら？」エレインにたずねられ、エラゴンは首をふった。「もしなにかあったら、わたしは下にいるから、いつでも声をかけてちょうだいね」階段をおりる夫人の足音が遠ざかると、エラゴンは扉をあけ、ギャロウの部屋へと廊下をそろそろと歩いていった。編み物をしていたガートルードが、彼を見て小さくほほえんだ。

「どんな具合です？」エラゴンは声をしのばせてたずねた。

ガートルードの声は疲労で嗄《か》れていた。「あいかわらずさ。でも熱がちょっとさがって、火傷《やけど》も一部はよくなってるよ。まだまだ様子を見なくちゃならないけど、これは回復の兆しが見えてきたってことだ」

エラゴンはすこし明るい気分になって、部屋へもどった。毛布のなかに体を丸めこむと、闇が冷たくせまってくるように感じられた。やがて傷ついた肉体と心を癒すために、眠りについた。

13

この世の闇

暗闇のなか、エラゴンは息づかいも荒くはね起きた。室内は冷えびえとして、腕と肩に鳥肌が立っている。夜明けまでまだ数時間。動くものはなにもなく、すべての生き物たちが朝一番の光の訪れをじっと待っている時間だ。

エラゴンは不吉な予感におそわれ、心臓が激しく打つのを感じていた。黒い帳《とばり》でおおわれた世の中の、もっとも暗い場所がこの自分の部屋であるように思えた。静かにベッドをおりて、服をはおった。不安に駆られながら廊下を急いだ。ギャロウの部屋のあけ放した扉と、そこに集まる人々を見たとき、戦慄《せんりつ》が全身を駆けめぐった。

ギャロウはベッドで静かに眠っていた。清潔な衣装、きれいにとかしつけた髪、おだやかな顔。銀色の魔よけの首輪をかけ、乾燥したヘムロックの小枝を胸にのせていなければ、眠っているとしか思えない。それらは、死者への、生の世界からの最後の贈り物だった。

カトリーナが青白い顔をうつむけ、ベッドの枕もとに立っている。彼女のつぶやく声が聞こえた。「お父さんと呼ぶ日を楽しみにしていたのに……」

お父さんと呼ぶ……ぼくにだってそんな権利はなかったのに。エラゴンは苦々しく思った。体じゅうの生気をすいとられ、亡霊にでもなったような気分だった。ギャロウの顔以外、なにも現実のものとは思えない。頬に涙が流れてきた。エラゴンはそこに立ったまま、肩をふるわせ、声をあげずに泣いた。お母さんも、伯母さんも、伯父さんも——みんないなくなってしまった。悲しみの重みで、そのとてつもない力でおしつぶされ、立っていられなくなる。だれかが、よろける彼を部屋へ連れ帰り、なぐさめの言葉をかけてくれた。

エラゴンはベッドにたおれ、頭をかかえこみ、しゃくりあげて泣いた。サフィラの接触を感じたが、それをこばみ、ひとり悲しみにおし流されるままでいた。彼はギャロウの死を受け入れることができなかった。もし受け入れたら、これからなにを信じて生きればいいのか？　あとに残されたのは、ローソクの火を消す風のように、命の灯《ともしび》をものともしない、無情な世の中だけではないか。絶望と怒りのなか、エラゴンは涙にぬれる顔を天にむけてさけんだ。

「こんな仕打ちをするのは、どこのどの神だ！　姿を現せ！」部屋へ駆けてくる人の足音がするだけで、天からはなんの返事も聞こえてこない。「伯父さんがなにをしたっていうんだ！」

人の手のぬくもりを感じ、見るとエレインがとなりにすわっていた。彼女の腕のなかで思いきり泣き、やがて疲れはて、いやおうなしに眠りに落ちていった。

14
名剣ザーロック

苦悩に包まれたまま、エラゴンは目覚めた。目を閉じていても、あふれ出る涙をおさえることができない。正気をたもつために、わずかばかりの希望かなにかを見出そうとする。〔こんなことはたえられない〕彼はうめいた。
〔では、たえなければいい〕サフィラの言葉が頭のなかで反響した。
〔かんたんにいうな！　伯父さんは逝《い》ってしまったんだ！　ぼくにもそのうち同じ運命がやってくる。愛、家族、栄光――なにもかもずたずたにされて、あとにはなにも残りやしない。生きることにどんな価値があるっていうんだ？〕
〔価値は行動することにある。立ち直る意欲をなくし、生きることをあきらめたら、あなたの価値は地に落ちる。あなたは今、選択しなくてはならない。ひとつを選び、それに身をささげる。行動することで、希望と目的が生まれるのだから〕

〔ぼくがどうやって?〕
〔真の道しるべはあなたの心にしかない。究極の欲求こそが、あなたをみちびける〕
サフィラはエラゴンに考える時間をあたえた。エラゴンは自分の感情をじっと見つめてみた。意外にもそこには、悲しみよりもずっと大きな、燃えたぎるような怒りが見えた。〔ぼくにどうしろと……黒マントを追えというのか?〕
〔そのとおり〕
ずばりそういわれて、エラゴンは混乱した。深く息をすい、ふるえる息でたずねた。〔なぜだ?〕
〔スパインでわたしにいったことを覚えているか? あなたは、ドラゴンとしてのつとめを思い出させてくれた。だからわたしは、自分の本能にそむいてまであなたといっしょにもどった。今、あなたも自分を律しなければならない。わたしはここ数日間かけて、じっくり考えてみた。そして、ドラゴンとライダーであることの意味に気づいた――不可能に立ちむかうのが、わたしたちの運命なのだと。恐怖にうち勝って、偉業を成しとげる。それが、わたしたちの責任ではないか?〕
〔知るもんか。そんな理由で、ここを出ていくわけにはいかないんだよ!〕エラゴンはさけんだ。
〔ほかにも理由がある。わたしの足跡が見つかった。人間たちが警戒しはじめている。このままだと、わたしの存在がみんなに知られてしまう。それに、ここにはもうあなたを引きとめるものはなにもない。農場も、家族も、それに――〕
〔ローランは死んでない！〕エラゴンは食ってかかった。
〔でもここにとどまっていると、本当のことを話さねばならなくなる。父親がどうして死んだのか、ローランには知る権利があるはず。それで、わたしのことを知れば、彼はどうすると思う？〕
サフィラの言葉が、エラゴンの頭のなかで渦を巻いていた。しかしパランカー谷と別れることを思うと、そうかんたんに決心などつくものではない。ここは彼の生まれ故郷なのだ。だがいっぽうで、黒マントの男たちに復讐《ふくしゅう》することを考えると、おどろくほど心がなぐさめられる。〔ぼくの力でそんなことできるんだろうか？〕
〔わたしがついている〕
あらゆる迷いがおしよせていた。復讐するなど、エラゴンにとっては、あまりに無謀で突拍子もない行為なのだ。彼は優柔不断な自分に腹が立ち、口もとにあざけりの笑みを浮かべた。サフィラのいうとおりだ。行動することこそ大切なのだ。やるしかないんだ！　黒マントの男たちをつかまえる以外に、今の自分にどんなよろこびがあるというのか？　エラゴンは体のなかにすさまじい力がみなぎるのを感じた。その力が彼の感情のすべてを、怒りという名のかたい鉄棒につくりかえていた。そこにきざみつけられているのは、復讐《ふくしゅう》の文字だ。がんがんする頭で、彼は確信をもってつぶやいた。ぼくはやる。

エラゴンはサフィラとの交信を断ち、ベッドからころがり出た。体がコイルばねのように、今にもはじけ飛びそうなほどはりつめている。まだ早朝だった。たった数時間しか眠っていないのだ。失うもののない敵ほどこわいものはないという。ぼくはそれになるんだ。

昨日はまっすぐ立つことさえ困難だったのに、今の彼は鉄の意志にみちびかれたように、自信をもってしっかりと歩くことができた。体の痛みなどすこしも感じなかった。

家をぬけ出そうとしたとき、人の話し声が聞こえてきた。エラゴンは気になって足をとめ、耳を澄ました。エレインのもの静かな声が響いてくる。「……住んでもらいましょう。お部屋は空いているんだし……」ホーストの返事は、低くて聞きとることができない。「そうね。かわいそうな子」エレインがこたえる。

今度はホーストの声が聞こえてきた。「ああ……」長い間があった。「エラゴンのいったことをいろいろと考えてみた。だが、あの話がすべてだとは、おれにはどうしても思えないんだ」

「どういうことなの？」エレインの不安を帯びた声が聞こえる。

「農場へむかう道は、ギャロウを乗せた板で雪が平らにならされていた。ところがあるところまで行くと、雪が大きくふみつけられて、ぐちゃぐちゃになっていた。足跡も板の跡も、そこでとぎれてるんだ。そこにも、農場で見たのと同じ巨大なけものの足跡があった。それから、エラゴンの足だ。あれだけ皮膚がはがれていて、気づかなかったなんて信じられん。あまり問いつめるのは気が進まなかったんだが、やはりちゃんときいてみなければならんな」

「きっと、あまりにもこわい思いをしたので、おびえてなにも話せなかったのよ」エレインがとりなす。「あの子、ひどくとりみだしていたでしょう」

「そうであっても、雪の上になんの跡もつけず、ギャロウを運んでくるなんてことはありえない」

サフィラのいったとおりだ、エラゴンは思った。今ここを出なければ、いろんな人から、いろんなことをきかれるだろう。みんなが事実を知るのも時間の問題だ。床のきしむ音に神経をはりつめながら、彼は静かにホーストの家を出た。

通りには人っこひとりいなかった。こんな早い時間に起きている人はほとんどいない。彼は足をとめ、これからどうすべきかをじっと考えてみた。サフィラがいるから馬は必要ない。だけど乗るには鞍《くら》が必要だ。食糧はサフィラが捕ってくれるから心配はない。でも、いくらかはもったほうがいいだろう。あとの荷物は、こわれた家の下からほり出していけばいい。

エラゴンはまず、村はずれのゲドリックの革なめし小屋へむかった。悪臭に顔をしかめながら、丘の斜面を小屋へと近づいていく。なかへ入ると、天井につるされたたくさんの革のなかから、大きな雄牛の革を三枚切りとった。泥棒のようで気がとがめたが、けっして盗むのではないのだと自分にいい聞かせた。ゲドリックには、いつかちゃんとお返しをする。もちろん、ホーストにも。厚い牛の革をひと巻きにして、村からはなれた木立まで運び、一本の木の枝の叉にはさんでカーヴァホールへとって返した。

次は食糧だ。酒場のほうへ歩きかけたエラゴンは、ふとひきつった笑みを浮かべ、向きを変えた。盗むなら、やはりスローンの店だ。彼は店のほうへそろそろと近づいていった。スローンが店にいないので、正面の扉にはがっちりとかんぬきがかけられていた。だが裏口の戸は細い鎖がかかっているだけで、かんたんにこじあけることができた。真っ暗な店内を手さぐりしていくと、布に包まれたかたい肉の山が手にあたった。もてるだけの肉をシャツの下におしこみ、急いで外へ出て、そっと戸をしめた。

近くで女の人がエラゴンの名を呼んでいた。肉が落ちないようシャツのすそをしっかりつかみ、ものかげに身をかくした。二軒の家のあいだ、ほんの目と鼻の先をホーストが通りすぎていくのを見て、エラゴンはぎょっとした。

ホーストの姿が見えなくなるや、エラゴンは駆けだした。路地を全速力で走りぬけ、木立にたどり着くころ、太ももの傷は焼けるように痛くなっていた。追ってくる者がいないかどうか、木々のあいだから、様子をうかがってみた。だれもいない。ほっと息をつき、なめし革をはさんだ木へともどっていった。が、革は消えていた。

「どこへ行くのかね？」

エラゴンはふりむいた。ブロムが恐ろしい形相でこちらをにらんでいる。頭の片側にひどい傷。腰のベルトには、短刀をおさめた茶色の鞘《さや》。なめし革は彼の手のなかにある。

エラゴンはいらだたしげに眉をひそめた。この老人が、どうやって人のあとをつけてきたのか？　今の今までまわりは静かだった。ぜったいにだれもいなかったと断言できる。「それを返して」エラゴンは声を荒げていった。

「なぜじゃ？　おまえはギャロウの弔いも終わらないうちに、逃げ出すのか？」鋭い口調で責める。

「あんたには関係ない！」エラゴンはかっとなってどなった。「どうしてぼくを尾《つ》けたんだ！」

「尾けてはいない」ブロムがいう。「ここで待っておったのだ。おまえ、どこへ行くつもりじゃ？」

「べつに」エラゴンは手をのばして、なめし革をうばいとった。老人はなんの抵抗もしない。

「ドラゴンに食わせるだけの肉があればいいがのう」
エラゴンは凍りついた。「なんの話だ?」
ブロムは腕を組んだ。「とぼけてもムダじゃよ。その掌の跡、どうしてついたのか、わしはちゃんと知っておる。ゲドウェイ・イグナジア——光る掌。幼竜をさわったのじゃろう。わしに根ほり葉ほりききに来た理由も知っておる。それに、今ふたたびライダーがよみがえったことも」
エラゴンの手からなめし革と肉が落ちた。いつかこうなると思ってた……逃げなくちゃ! でも傷ついたこの足ではとても逃げきれやしない。だけど、もし……。〈サフィラ!〉
息苦しい数秒間が流れ、ふいにサフィラからの返事が返ってきた。〈はい〉
〈ぼくたちのことがばれた! 早くむかえに来て!〉エラゴンが頭に描いた場所をめざし、サフィラはすぐに飛び立った。今はとにかく、この場を切りぬけることを考えなければならない。「あんたにどうしてそれがわかったの?」彼はくぐもった声でたずねた。
ブロムは遠くに目をやり、まるでだれかべつの人と話すかのように、静かに唇を動かした。そして、いった。「手がかりなどいくらでもあった。わしはただ注意深くしているだけでよかった。それなりの知識があれば、だれだって同じ結論に行き着くわ。それで、おまえのドラゴンはどうなった?」
「彼女は無事さ」エラゴンはいった。「農場がおそわれたとき、ぼくたちはあそこにいなかったんだ」
「ほう、その足、さては飛んだな?」
どうしてそんなことまでわかるんだ? もしブロムが、黒マントの男たちに脅されてここへ来たとしたら? ブロムを使ってぼくの行き先をきき出して、どこかで待ちぶせしようとしているのかもしれない。サフィラはまだか? 彼は心の手をのばし、はるか上空で旋回するサフィラを見つけた。
〔早く来い!〕
〔いや。しばらくだまって見ていることにする〕
〔なぜだ!〕
〔ドル・アリーバの殺戮《さつりく》のことを聞いたから〕
〔なんだって?〕

ブロムはかすかな笑みを浮かべ、木によりかかった。「わしが彼女と話したのだ。おまえとの行きちがいを正すまで、上で待っててくれるといった。どうじゃ、わしの質問に正直にこたえるしかないだろう。どこへ行くつもりじゃ？」

エラゴンは困惑して、こめかみをおさえた。ブロムが？　なぜサフィラと話せるんだ？　頭のうしろがズキズキと痛み、そのなかでいろいろな考えがめまぐるしく駆けめぐっていた。が、いくら考えても結論は同じだった。とにかくなにかこたえるしかない。彼は口を開いた。「傷が治るまで、安全な場所にかくれていようと思う」

「で、そのあとは？」

もう言いのがれはできない。頭痛はひどくなるいっぽうだ。頭がぼうっとしている。なにひとつ考えることができない。彼はただ、この数か月の出来事をだれかに洗いざらいぶちまけたくてたまらなかった。秘密にしていたことがギャロウの死をまねいた、そう思うと胸が引きさかれそうだった。エラゴンは観念し、ふるえる声でこたえた。「黒マントの男たちをつかまえて、殺してやる」

「若造にはずいぶん骨の折れる仕事だわな」ブロムはまるで、エラゴンがごくあたりまえの発言をしたかのように、平然といった。「が、たしかにやってみる価値はある。やりとげるに値する行為じゃ。たぶん、助けはいらんとはねつけられるんだろうが」老人は茂みのなかから大きな荷物を取り出し、ぶっきらぼうな声で続ける。「なんといわれようと、わしはついていくぞ。おまえさんのようなひよっ子が、ドラゴンを連れてうろつきまわるというんではのう」

ブロムのやつ、本当に助けてくれる気なのか？　それとも敵のまわし者なのか？　恐ろしいのは、相手がどんな手段を使うかわからない謎の敵だということだ。でも、サフィラはブロムのことを信用したようだ。ふたりは心のなかで会話までしたようだし。サフィラが心配していないのなら……エラゴンはこの疑念を、とりあえずはわきへ置いておくことにした。「助けはいらないけど」といって、しぶしぶつけ加える。「べつについてきてもいいよ」

「では、善は急げじゃな」ブロムがまた一瞬、遠くを見るような表情をした。「さあ、ドラゴンと話してみなさい。またちゃんと会話してくれるはずじゃ」

〈サフィラ？〉エラゴンは呼びかけた。

〈はい〉

ブロムのことをたずねてみたい衝動をぐっとおさえた。〈農場で落ちあえるかな〉

〔わかった。ふたりは意見がまとまった？〕

〔たぶん〕サフィラは交信を切り、空高く舞いあがっていった。カーヴァホールに目をやると、家々のあいだを人が駆けているのが見えた。「きっとみんな、ぼくをさがしてるんだ」

ブロムは眉をあげた。「そうだろうな。では、行こうか」

エラゴンはためらった。「ローランに書き置きを残したいんだ。理由もいわずに出ていくのは、よくないと思うから」

「ちゃんと手は打ってきたぞ」ブロムはいった。「ガートルードに手紙をたくしてきた。いろいろと理由を書いてな。それに、まだどんな危険があるかもしれん。じゅうぶんに警戒しろとも書いてきた。どうじゃ、満足か？」

エラゴンはうなずき、肉のかたまりをなめし革でくるんで歩きだした。街道までは人目につかないよう用心しながら歩き、そこからは歩調を速め、カーヴァホールからぐんぐん遠ざかっていった。太ももはあいかわらず焼けるように痛かったが、エラゴンは雪の道を断固とした足どりで進んだ。ただひたすら歩き続けるなか、ゆっくりと考えごとができた。家に着いたら、ブロムからもっとしっかりきき出してやろう。じゃなければ、いっしょに旅なんかするものか。きっぱりと自分にいい聞かせる。ライダーのことや、ぼくが戦うべき相手のことを、くわしく教えてもらえればいいんだけど……。

農場の残骸が見えてくると、ブロムの太い眉が憤りでゆがんだ。自然の力によって、あっという間に姿を変えられてしまった農場を前に、エラゴンはうなだれた。瓦《が》礫《れき》の上には雪や泥が積もり、恐ろしい襲撃の痕跡などおおいかくされている。すでに腐りかけているすすだらけの板だけが、かろうじて納屋の残骸だとわかる。

木立の上空でサフィラの羽ばたきが聞こえ、ブロムがさっと顔をあげた。サフィラがふたりの頭をかすめるように背後から急降下してくる。エラゴンとブロムは風圧におされてよろめいた。サフィラは鱗《うろこ》をきらめかせながら農場の上を旋回し、美しく地面におり立った。

ブロムはまじめとも笑っているともつかぬ表情で前へ進み出た。だがその目には涙が光っている。頬にたれたひと筋の涙は、そのままひげのなかに消えていった。ブロムはしばしそこに立ちつくし、荒い息づかいでサフィラを見つめていた。サフィラも老人を見つめていた。ブロムがなにかつぶやくのが聞こえ、エラゴンは近づいて耳を澄ました。

「そうか……またはじまってしまったのじゃな。だが、終わりはいつ、どこに来るのだ？　わしの視界はぼやけておる。これが悲劇となるか茶番となるか、さっぱり見えん。このふたりがここにいるからには……いずれにしろ、わしの役目は変わらない。それに……」

サフィラが毅然《きぜん》として歩いてくると、ブロムの言葉はしりすぼみにうすれていった。エラゴンはブロムのつぶやきなど聞かなかったふりをして、サフィラをむかえた。サフィラとエラゴンのあいだには、以前とはすこしちがう空気が流れていた。さらに親密になったような、それでいていまだ知らない者どうしであるような。サフィラの首をさすると、ふたりの意識が触れあい、掌がピリピリとうずく。サフィラの強い好奇心を感じた。

〈あなたとギャロウ以外の人間を見るのは初めてだから。それに、ギャロウは瀕死《ひんし》の状態だったし〉サフィラがいった。

〈ぼくの目を通して、いろいろな人間を見てるじゃないか〉

〈直接見るのとはわけがちがう〉サフィラは歩みより、長い首をひねって、片方の青い大きな目でブロムをまじまじと見る。〈本当に奇妙な生き物！〉サフィラはそう批評して、ブロムをさらに観察した。サフィラににおいを嗅がれながら、じっとそこに立っていたブロムが、ふいに手をさし出した。サフィラはゆっくりと頭をたれ、ブロムに額をさわらせた。と、大きく鼻を鳴らして飛びのき、エラゴンのうしろへあとずさった。尾が地面をたたきつける。

〈どうしたんだ？〉エラゴンはきいた。サフィラはこたえない。

ブロムはエラゴンにむき直り、低い声でたずねた。「名はなんという？」

「サフィラさ」

ブロムが独特の表情を浮かべ、指が白くなるほどの力で、杖《つえ》の先を地面におしつけた。「あんたが教えてくれた名前のなかで、これしか気に入るのがなかったみたいだよ。ぼくもぴったりだと思ったし」あわててつけ加える。

「たしかにぴったりじゃ」ブロムのその声に、いわくいいがたいなにかを感じた。悲しみか、おどろきか、恐れか、羨望か——そのどれでもないのかもしれないが、エラゴンには思いのおよばないことだった。ブロムは声を高くしていった。「よろしく、サフィラ。会えて光栄じゃよ」老人は妙な形に手をねじり、会釈をした。

〔この人、気に入った〕サフィラが静かにいう。

〔そりゃあ、そうだろうね。光栄だなんていわれればさ〕エラゴンはサフィラの肩をたたき、残骸のなかへ入っていった。サフィラとブロムもそのあとに続いた。老人は急にいきいきとして元気になったように見えた。

エラゴンは瓦礫《がれき》のなかに分け入り、自分の部屋の戸の下にもぐりこんだ。くだけ散った板切れの山のなかに、かろうじて部屋の痕跡が残っている。記憶をたよりに壁のあった場所をさぐり、空の背嚢《はいのう》を見つけた。木枠の一部はこわれているが、直せばじゅうぶん使えそうだ。さらにほり進んでいくと、鹿革の筒におさまった弓の先端を発見した。

革はさけてぼろぼろになっているものの、油でみがいた木の弓は無傷で残っている。よかった。ようやくマシなことがあった。弦をはり、にぎりを引いてみる。木は折れたりきしんだりせず、なめらかに撓《しな》った。満足して、今度は矢筒をさがしにかかる。矢筒はすぐそばからほり出せたが、矢はほとんどが折れていた。

弓の弦をはずして、矢筒といっしょにブロムに手わたした。「こいつを引くには、相当な力がいるじゃろう」エラゴンはブロムのほめ言葉をだまって受けとめ、引き続き残骸をほり進み、必要なものをブロムにあずけていった。だが、さんざん集めて歩いても、たいした量にはならなかった。

「で、次はどうする？」ブロムがさぐるような鋭い視線をむける。エラゴンは目をそらした。

「ひとまずどこかにかくれる」

「心あたりはあるのか？」

「あるさ」エラゴンは弓以外の荷物をひとまとめにして、しっかりと包んだ。荷物を背負い、「こっちだ」といって、森のほうへ歩いていく。〔サフィラ、上からついてこい。おまえの足跡は目立ちすぎるからな〕

〔わかった〕サフィラが背後で飛び立った。

めざす場所は遠くないが、追っ手を警戒して、わざと回り道をした。一時間以上も歩きまわり、ようやくたどり着いたのは、イバラにかこまれた荒れ地だった。

イバラのなかは、人間ふたりとドラゴンが焚《た》き火をかこめる程度の空間がある。赤毛のリスたちがとつぜんの侵入者に抗議の声をあげながら、木立のなかへ逃げこんでいった。ブロムはからみつく蔓《つる》をはらい、あたりを興味深げに見まわした。「ここを、ほかに知っている者は？」

「いないよ。農場へこしてきたばかりのころに見つけたんだ。真ん中までほり進むのに一週間、枯れ木をどけるのに一週間かかった」サフィラがふたりの横におりてきて、とげがささらないよう注意深く翼をたたんだ。かたい鱗《うろこ》で小枝をふみつぶしながら体を丸め、地面に頭をふせた。なにを思っているのかうかがい知れないが、彼女の瞳はふたりの姿を一心に見つめている。

ブロムは杖《つえ》によりかかり、サフィラに目をすえた。詮索するような視線が、エラゴンにはひどく気がかりだった。

ブロムとサフィラの様子を見まもっていたエラゴンだが、いつしか空腹におそわれ、動かざるをえなくなった。焚《た》き火をつくって、鍋に雪を入れ、火にかけて雪をとかす。水が沸騰したところで、さいた肉と塩をひとかたまり入れる。ひどい飯だな、と顔をしかめる。でも、まあいいさ。こんな飯でも、しばらく続けていればなれるだろう。

シチューが静かに煮え、濃厚な香りがあたりにただよいはじめた。サフィラがヘビのように舌先を出し、においを味わっている。肉がやわらかくなるころ、ブロムが近づいてきて、シチューを受けとった。ふたりはたがいの視線をさけながら無言で食べた。食べ終わると、ブロムはパイプを出して、ゆっくり火をつけた。

「なんでぼくについてきたいの？」エラゴンが口を開いた。

ブロムの唇から吐き出された煙が、木々のあいだへくるくると消えていく。「おまえを生かしておくことに、強い関心があるからじゃ」

「それ、どういう意味？」

「かんたんにいえば、わしが語り部だからだな。おまえがよい物語を生み出してくれそうだと思ったからじゃ。なにしろおまえは、帝国に支配されない百数年ぶりのライダーだからのう。はたしてこれからどうなるか？　殉教者として非業の死をとげるのか？　ヴァーデン軍に加わるのか？　あるいはガルバトリックス王の命をうばうのか？　好奇心をそそられることばかりだ。なんとしてでもその現場にいあわせて、この目ですべてを見とどけたいと思ったのじゃ」

エラゴンは胃のなかがしめつけられるように感じた。自分のそんな姿など、想像すらできない。まして殉教者になるなんて。ぼくは復讐《ふくしゅう》したいだけだ。それ以外には……なんの野望もない。「なるほどね。じゃあ、サフィラと話せたのはなぜだ？」

ブロムはたっぷり時間をかけて、パイプにタバコを足した。火がつくと、パイプをしっかり口にはさんだ。「まあ、知りたいというなら、教えてやるがな。おまえの気に入らん答えになるかもしれんぞ」ブロムは立って、自分の荷物を焚《た》き火の上にもってくると、なかから布に巻かれた長い棒状のものを取り出した。長さは一メートル半ほど。もっている様子からして、かなり重そうに見える。

ブロムはミイラの包帯をはずすかのように、すこしずつ巻き布をほどいていった。やがて剣が姿を現したとき、エラゴンは思わず目をうばわれた。黄金色の柄頭《つかがしら》は涙のしずくの形。側面の切りこみに卵形の小さなルビーが埋めこまれている。柄には銀色の針金が巻かれ、星の輝きを放つほどみがきあげられている。ブドウ色の鞘《さや》はガラスのようになめらかだ。奇妙な黒い印が彫りこまれているだけで、あとはなんの飾りけもない。剣とともに革のベルトと、がんじょうなバックルが包まれていた。布をほどき終わると、ブロムは剣をエラゴンにもたせた。

にぎりの部分は、エラゴンのためにあつらえたかのように、しっくりと手におさまった。鞘から音もなく剣がすべり出た。赤みを帯びた平たい刀身は、炎に照らされて玉虫色に光っている。切っ先へむかってしなやかな曲線を描くうすい刃。その上に一対の黒い印がきざみこまれている。剣をもった感じは完璧だった。いつもの不恰好《ぶかっこう》な農具とはちがい、自分の腕の一部のように手になじんでいる。まるで深部におさえきれない強さを秘めているかのように、剣には力がみなぎっていた。血で血を洗う死闘のためにつくられた武器。しかし、それは息をのむほど美しかった。

「かつてライダーがもっていたものじゃ」ブロムはおごそかにいった。「修行を終えたライダーに、エルフ族が剣を贈る風習があったのだ。エルフたちがどうやってそのような剣をつくるかは、だれも知らない。だが彼らのつくる剣は永遠に鋭く、けっして錆《さび》びたりせんのだ。刀身の色は、ドラゴンの色に合わせる慣習になっておるが、まあ、例外もあっていいだろう。剣の名はザーロック。意味はわからんが、持ち主のライダー個人にかかわることだったのじゃろうな」

エラゴンはブロムの前で剣をふってみた。「これ、どこで手に入れたの?」名残おしげに鞘《さや》におさめ、ブロムにさし出すが、ブロムは受けとろうとしない。

「どうでもいいことじゃよ」ブロムはいった。「ただ、危険きわまりない冒険の数々を経て、ようやく手に入れたとだけいっておこう。これからはおまえがもっていなさい。わしよりももつ権利があるからな。それに、すべてやりとげるには、きっと必要になるだろうから」

エラゴンは肝をつぶした。「すごい贈り物だ……ありがとう」ほかにいうべき言葉が見つからず、鞘《さや》に手をすべらせる。「この印はなんなの？」

「ライダーがそれぞれにもつ紋章じゃ」エラゴンが口をはさもうとするのを目で制して、ブロムは続けた。「さて、おまえの知りたがってた話だが、正しい訓練を受ければ、だれでもドラゴンと話せるようになるのだ。それに」彼は強調するように指を立てる。「話せるだけではなんの意味もない。いいかな、わしはこの世にいるだれよりも、ドラゴンの能力を知っておる。自力で学ぶには、何年もかかることじゃ。その知識を、おまえに短期間で授けることにしよう。だが、なぜそれだけの知識があるかについては、いわずにおきたい」

ブロムの話が終わったのを潮に、サフィラが体を起こし、エラゴンのほうへよってきた。エラゴンは剣をぬいて、サフィラに見せた。〔力を感じる〕鼻づらを切っ先にあて、サフィラがつぶやいた。鱗《うろこ》が近づくと、玉虫色の刃が水面のようにさざなみを立てる。サフィラは満足げに鼻を鳴らして頭をあげる。剣はまたもとどおりの姿にもどった。エラゴンは首をかしげながら剣を鞘におさめた。

ブロムが眉をあげた。「これこそ、わしのいいたかったことじゃ。ドラゴンにはつねにおどろかされる。ドラゴンといると……あらゆることが起きる。ほかではありえんような不思議なことがな。何世紀も行動をともにしたライダーたちでさえ、ドラゴンの能力を完全に把握できなかった。ドラゴン自身ですら、おのれの力の限度を知らないという話もある。ある意味でドラゴンは、この国土と結びついておるのだ。彼らが大きな障害を乗りこえられるのは、国土がそうさせているからなのだな。今サフィラのやったことを見ればわかるじゃろう──おまえの知らんことはまだまだたくさんある」

長い間があった。「そうかもしれないけど」エラゴンはいった。「これからしっかり覚えるよ。それより、今いちばん知りたいのは、あの黒マントの男たちのことなんだ。あいつらが何者か、心あたりはないの？」

ブロムは大きく息を吐いた。「ラーザックという連中じゃ。それがもともとの種族の名なのか、自分らでそう呼ぶことに決めただけなのかはわからん。たとえ個々の呼び名があったとしても、連中はそれをけっして表には出さんのだ。ラーザックなどという連中は、ガルバトリックスが権力を手にする前はいなかった。おそらくやつが旅のさなかにどこかで見つけて、配下に引き入れたのだろうな。くわしいことはなにもわかっていないのじゃ。だが、これだけはいえる——やつらは人間ではない。フードのなかに、くちばしみたいなものと、この拳ほどもある真っ黒な目が見えたからな。しかし、どうして人間の言葉を話せるかは定かではない。胴体はぐにゃりと曲がっておる。だからどんな天気のときも、あんなマントで体をかくしておるのだ。

やつらの力は、どんな人間よりも強い。信じられんほどの高さまで飛ぶことができるという。だが、魔法は使えんのだ。それは本当に幸いしたな。もし魔法まで使えたら、おまえなんぞとっくにつかまっておるだろう。もうひとつわかっとるのは、連中が日の光を極度に嫌うということじゃ。だが、成すべきことがあれば、日の光だろうがなんだろうが、かまわずやりとげる。ラーザックをけっしてあまく見てはいかんぞ。狡猾《こうかつ》で抜け目のない連中だからな」

「数はどれくらいいるの？」エラゴンは、なぜブロムがこんなにもくわしいのか、いぶかしく思いながら質問した。

「わしの知るかぎり、姿を見せたのはふたりだけじゃ。ほかにもっといるかもしれんが、そのへんはたしかではない。ひょっとしたら、あのふたりが種族の最後の生き残りなのかもしれん。とにかく、やつらは王の手飼いのドラゴンハンターなのだ。ドラゴンがいるという噂《うわさ》が耳に入れば、ガルバトリックスは国じゅうどこへでもラーザックを送る。やつらの通った跡には、かならずといっていいほど死がころがっておる」

ブロムは煙の輪をぷかぷかと吐き出し、イバラのなかへただよっていくのをながめていた。煙の輪など、エラゴンは最初気にもとめなかったが、よく見ると、それらは色を変え、飛ぶような速さで動きまわっている。ブロムがいたずらっぽくウインクをする。

エラゴンには確信があった。サフィラの姿はだれにも見られていない。では、なぜガルバトリックスの耳に入ったのか？　疑問を口にすると、ブロムはいった。「そうじゃな。カーヴァホールの人間が王に密告したとは考えにくい。それよりまず、おまえがその卵をどこで拾ったのか、サフィラをどうやって育てたのか、話してみなさい――それで、疑問がとけるかもしれん」

エラゴンはすこしためらってから、スパインで卵を見つけて以来のことを、洗いざらい打ち明けた。心にたまっていたものを吐き出すのは、気分のいいことだった。ブロムはいくつかきき返しただけで、あとはただ真剣に耳をかたむけていた。日がしずむころ、エラゴンの話は終わった。浅紅色《あさべに》に変わる雲を見あげながら、ふたりはしばらく無言のままでいた。「サフィラがどこから来たのかわかればなあ。サフィラ自身も覚えてないんだ」

ブロムも首をかしげる。「さあな……とにかく、おまえの話でいろいろなことがわかったぞ。たしかに、わしらのほかにサフィラを見た者はおらんようじゃ。ラーザックはパランカー谷以外の場所で、情報をつかんできたのだろう。情報源はもう死んでおるだろうが……おまえ、大変なことをよくひとりでがんばったな。感心したぞ」

エラゴンはぼんやりと遠くを見つめ、ふいにたずねた。「あんたのその頭、どうしたの？　岩にでも衝突したのかい？」

「いや。だが、いい読みをしとる」ブロムはパイプを深くふかした。「夜陰に乗じてラーザックのテントに近づいたのだ。なんとかやつらをとめられんかと思ってな。ところがむこうはかげからわしを見ていた。まんまと待ちぶせされたんじゃよ。それでもやつらはわしをあまく見ていたようで、なんとか逃げおおせると思った――」老人は苦笑する。「だが結局これじゃ。バカをやったものだな。失神して、翌日まで地面にころがっておった。わしが気づいたころには、やつらはもう農場に着いていたはずじゃ。もはやとめられるはずもない。しかし、ともかくあとを追うしかないと思ったのだ。そのときだ、おまえと道で出くわしたのは」

たったひとりでラーザックに立ちむかおうなんて、この老人はいったい何者なんだ？　しかも暗闇でおそわれて、失神だけで終わった？　エラゴンはもどかしくて、興奮気味にたずねた。「ゲドウェイ・イグナジアとかいったね、この掌の跡。これを見たとき、どうしてラーザックの正体を教えてくれなかったんだ？　知ってたら、サフィラのところよりも、まず真っ先に伯父さんに危険を知らせに行ったのに。そうしたら三人で逃げられたかもしれないのに」

ブロムはため息をついた。「あのときは、どうすべきかまだよくわかっていなかったのだ。ラーザックを農場へ近づけないようにできると、あまく考えておった。サフィラのことは、連中が消えるのを待ってから、おまえと話そうと思っていた。だが、連中のほうが一枚上手じゃった。悔やんでも悔やみきれんあやまちじゃ。おまえに大変な苦痛をあたえてしまった」

「あんたはいったいだれなんだ？」エラゴンはとつじょ声を荒げていった。「ただの村の語り部が、なんでライダーの剣なんかもってるの？　ラーザックのことだって、どうしてそんなにくわしいんだよ?」

ブロムはパイプをたたいた。「話せんこともあるといったつもりじゃがな」

「そのせいでぼくの伯父さんは死んだんだ。死んだんだぞ!」エラゴンは手を激しくふりながらさけんだ。「サフィラが敬意をしめすから、あんたを信用しようと思ってた。だけど、もうごめんだ! あんたは、ぼくが昔から知ってるカーヴァホールの語り部とはちがう。正体をいってくれよ!」

ブロムは額のしわを深くして、ふたりのあいだにただよう煙を長いこと見つめていた。動くのはパイプをふかすときだけだ。やがてようやく口を開いた。「おまえには思いもよらんことかもしれんが、わしは人生のほとんどを、パランカー谷ではない場所で生きてきた。語り部の衣を着ておったのは、カーヴァホールにいるときだけじゃ。今まで、あらゆる人々の前でいろいろな役割を演じてきてな——わしの過去は複雑なんじゃよ。カーヴァホールに流れてきたのは、そういう過去から逃げるためでもあったのだが。そうだ、たしかにわしはおまえが知っている人間ではない」

「ふん! じゃあ、だれなんだよ」

ブロムはおだやかにほほえんだ。「ここでおまえを助けようとしている者だ。鼻で笑うな――これは、どんな言葉にもまさる真実の言葉だ。しかし、これ以上は明かすわけにいかんのじゃ。今の時点で、おまえはわしの過去を知る必要がないし、まだ正しく理解する準備もできとらんはずだ。そう、わしは語り部ブロムなら知りえないことまで知っておる。ブロム以外にもべつの顔があるということじゃ。おまえはその事実も、わしにはけっして明かせない過去があるという事実も受け入れるしかないのじゃ！」

エラゴンは仏頂面でブロムをにらみつけた。「もう寝る」と吐きすてるようにいって、焚《た》き火をはなれた。

ブロムはとくにおどろいた様子もないが、その目は悲しみを宿している。エラゴンがサフィラのそばで横になると、ブロムは火の横に寝袋をひろげた。野営地は冷たい静けさに包まれた。

15

サファイラの鞍《くら》

目覚めると、エラゴンの上にギャロウの死の記憶が重くのしかかってきた。彼は毛布を頭までかぶり、暖かな闇のなかで声をひそめて泣いた。外界から隔離されて横たわっているだけで、心が安らいだ。いつしか涙はとまった。彼はブロムへの悪態をつぶやき、頰の涙をぬぐってしぶしぶ起きあがった。

ブロムは朝飯をつくっていた。「おはよう」ブロムの声に、エラゴンはむっつりとこたえた。冷たい指をわきにはさみ、火の前にかがみこんで食事ができるのを待った。ふたりとも、料理が冷めないうちにと、あわただしく食事を終えた。食べ終わった器を雪で洗ったあと、エラゴンは盗んだなめし革を地面にひろげた。

「それでなにをするつもりじゃ？」ブロムがたずねた。「そんなものはもって歩けんぞ」

「サフィラの鞍《くら》をつくるんだ」

「なるほど」ブロムが近づいてきた。「昔、ドラゴンには二種類の鞍を使ったものだ。ひとつは馬の鞍のようにかたく成型されたもの。だが、それをつくるには時間も道具もいる。両方ともここにはない。もうひとつは、すこしだけ詰め物を入れた薄手のもの。ライダーとドラゴンのあいだに布を一枚はさむ程度のものじゃ。それだとドラゴンは速く飛べるし、動きやすい。成型したものほど乗り心地はよくないがな」

「それって、どんな形か知ってる？」

「ああ。つくり方も知っておる」

「じゃあお願い、つくってよ」といってエラゴンはわきによけた。

「よろしい。だが、よく見ておくんだぞ。いつかはひとりでつくらねばならんのだからな」サフィラにことわって、ブロムは彼女の首まわりと胸まわりをはかった。なめし革を五枚の帯に切り、そこに十数個の下絵を描いて、形どおりに切りとっていった。残りの革は細長いひも状に切られた。

　細長いひもは各部をぬいあわせるのに使うものだった。縫い目ごとに穴が二個ずつ必要だというので、エラゴンは革にその穴をあける手伝いをした。バックルがわりに、ひもを複雑に結んだものがとりつけられ、各部のストラップはサフィラの成長を見こして長めにつくられた。

ライダーがまたがる部分は、同じ形の三枚の革に詰め物をはさんでぬいあわせる。前部には、サフィラの首のとげにちょうどよく引っかかるように太い輪縄をつけ、両わきには、腹に巻きつける幅広の帯がぬいつけられた。その帯からあぶみがわりの輪縄をつるし、エラゴンが足を入れたときにピンとはるよう長さを決める。最後に、サフィラの二本の前足にまわしてとめる長いストラップがとりつけられた。

ブロムが鞍《くら》をつくっているあいだ、エラゴンは背嚢《はいのう》を修理し、なかの荷物を整理した。

丸一日をついやして、ようやくすべての作業が終わった。ブロムはくたびれた様子で、ストラップの長さを決めるためにサフィラに鞍をとりつけた。多少の調節をすると、満足げに鞍をはずした。

「やるもんだね」エラゴンはそのできばえに感心した。

ブロムは首をかたむけた。「やるだけのことはやったさ。これで按配《あんばい》よく乗れるじゃろう。この革はなかなかしっかりしとる」

〔ためし乗りはしないのか?〕サフィラがたずねる。

〔あしたにするよ〕鞍《くら》を毛布といっしょにかたづけながら、エラゴンはこたえた。〔今日はもう遅いから〕本当のところ、今は飛びたいという気持ちにはなれなかった――前回飛んだときの、悲惨な結末が頭からはなれないからだ。

手早く夕飯がつくられた。かんたんな食事であってもうまかった。ブロムは焚《た》き火の上からエラゴンに目を注いだ。「あした発てそうか?」

「もうここにいる理由はないよ」

「そうじゃな……」ブロムが居ずまいを正す。「エラゴン、こんな結果になったことを、心から詫《わ》びねばならん。まさかこんなことになるとは思わなかった。おまえの家族にあんな悲劇が降りかかるはずじゃなかった。やり直す方法があるなら、なんとしてでもそうしたい。つらいのはおまえもわしも同じなのだ」エラゴンはブロムの視線をさけ、だまったままでいる。ブロムは続けた。「馬が必要じゃな」

「あんたはそうだろうけど、ぼくにはサフィラがいる」

ブロムは首をふった。「サフィラの速さについていける馬などおらん。かといって、若いサフィラにふたりも乗るのは無理だ。わしらはいっしょに行動したほうが安全なのじゃ。馬のほうが歩くよりは速い」

「でもそれじゃあ、ラーザックに追いつけないよ」エラゴンはうったえた。「サフィラに乗れば、一日か二日でやつらを見つけることができる。馬ならもっともっとかかる——そもそも地上で追って、やつらに追いつけるとしたらの話だけどね！」

ブロムはゆっくりと口を開いた。「わしがついていくとしたら、どうしてもそうせねばならんのだ」

エラゴンはしばらくじっと考えた。「わかったよ」むっつりとしていう。「馬を手に入れる。でも、あんたが買ってくれよ。ぼくはお金をもってないし、もう盗むのはいやだ。盗みはいけないことだ」

「おまえの考えにしたがおう」ブロムはそういって、軽くほほえんだ。「この危険な旅に出る前に、心しておくんだぞ——おまえの敵、ラーザックは王の僕《しもべ》であることを。どこへ行こうと王に守られておる。連中を法の力でとめることはできんのだ。町へ入れば、やつらにはありあまるほどの情報源と協力者がいる。それともうひとつ。ガルバトリックスにとって、いちばんの関心事はドラゴンを手に入れた者を殺すことなのだ。そのためなら、いくらでも兵を送りこんでくる——今はまだ、おまえの存在はやつの耳にまでとどいていないだろうがな。おまえがラーザックの手をかわせばかわすほど、ガルバトリックスは血まなこになって捕らえようとするだろう。やつにはわかっておるのじゃ。おまえが日一日と強くなり、今こうしているあいだにも、自分の敵側にくみしてしまうかもしれんということが。おまえはいつなんどき、狩るものから狩られるものに転じてもおかしくはない。それを肝に銘じておくことじゃ」

ブロムの強い言葉に、エラゴンは気圧《けお》された。物思いにしずみ、ただ指で小枝をもてあそんでいる。「これくらいにしておこう」ブロムはいった。「今日はもう遅い。節々が痛くなってきたわい。話の続きはあしたじゃ」

エラゴンはうなずいて、火を消した。

16

セリンスフォード

夜が明けるとあたりは灰色で、身を切るような風がふいていた。森は深閑としている。軽い朝餉《あさげ》のあと、ブロムとエラゴンは焚《た》き火に水をかけ、荷物を背負い、出発の準備を整えた。エラゴンは弓と矢筒を、すぐに手がとどくよう背嚢《はいのう》のわきにかけた。サフィラには鞍《くら》をつけた――荷物を乗せる馬が手に入るまで、サフィラにつけていてもらうしかない。そしてエラゴンはおずおずと、ザーロックを背中にしばりつけた。荷物をふやすのは気が重かった。せっかくの剣も、彼がもっているのでは棍棒《こんぼう》ほどの役にしか立たないのだから。

イバラのなかでは安心感があったが、外へ出ると、エラゴンの動作は自然と慎重になった。サフィラは飛び立ち、頭上で旋回している。農場へ近づくにつれ、木々がまばらになってきた。

きっとまたここへもどってくる。破壊された農場を見て、エラゴンは自分にいい聞かせた。ぼくは永遠に逃げ続けるわけじゃない。いつか安全になれば、ぜったいにもどってくるんだ……彼は待ち受ける荒々しい未知の世界を見すえるように、南にむかって胸をはった。

エラゴンとブロムは歩きだし、サフィラは西へ向きを変え、山脈のほうへ飛び去っていった。サフィラの姿が消えるのを、エラゴンは納得のいかない思いで見送った。今はもう気兼ねするような人もいないのに、一日じゅうサフィラといることはできない。旅人と遭遇した場合にそなえて、つねに姿をかくしていなければならないのだ。

降り積もる雪で、ラーザックの足跡はうすれていたが、エラゴンはさほど気にしなかった。けわしい峡谷をぬけるのに、一本しかない山道をそれるはずがないからだ。だが峡谷を出れば、道はいくつかに分かれている。ラーザックがどの道をたどるか、判断しにくくなるだろう。

速く進むことだけを考えて、ふたりはただ黙々と歩いた。エラゴンの足はかさぶたがひび割れて、ずっと血がにじんでいる。痛みから気をまぎらわすために、ブロムに話しかけた。「じっさい、ドラゴンにはどんなことができるの？　あんた、なんだかドラゴンの能力にくわしいっていってただろう？」

ブロムは笑った。ふりあげた手のサファイアの指輪が光る。「残念ながら、たいしたことは知らんのだ。もっと知りたいのは山々だがな。おまえのその質問は、人々が何世紀ものあいだ、ずっと問い続けてきたことなのじゃ。だからいっておくが、わしが話すことはそもそもが不十分なことなのだぞ。ドラゴンは昔から謎に満ちておる。べつにドラゴンたちが故意にそうしていたわけではないのだろうがな。

おまえの問いにこたえる前に、まずはドラゴンの生態について、基礎知識を教えておかねばならん。基本も知らずに、そうした複雑な問題からいきなりはじめると、とてつもなくややこしくなるからな。はじめはドラゴンの生活環《ライフサイクル》についてじゃ。それが終わって、おまえがくたびれていなければ、次に進むことにしよう」

ブロムはドラゴンの交尾のことや、卵の孵《かえ》る条件について説明をはじめた。「もちろん、ドラゴンが卵を産めば、なかの幼竜は生まれる準備をはじめる。だがときには、生まれるにふさわしい環境ができるまで、卵のなかで何年も待つこともあるのじゃ。ドラゴンが野生だったころは、生まれてくる時期は食糧のあるなしに影響された。ところがエルフと同盟を結んで、毎年ライダー族に卵が一個か二個、贈られるようになって以来、卵は、いや、幼竜は、自分のライダーにふさわしい者が目の前に現れるまで、卵から孵《かえ》らんようになったのだ――どうやってそれを感じとるかは、わかってておらん。人々はライダーに選ばれたくて、列をつくって卵をさわりに来たものじゃ」

「じゃあ、もしかしたらサフィラは、ぼくの前でも生まれなかったかもしれないの？」エラゴンはたずねた。

「そうじゃ。おまえを気に入らなかったらな」

エラゴンは光栄に思った。サフィラはアラゲイジアのあらゆる民のなかから、自分を選んでくれたのだ。それにしても、どれくらい長いこと卵のなかで待ったのだろう？　暗い殻のなかにずっと閉じこめられていることを想像すると、ぞっとした。

ブロムは講義を続けた。ドラゴンがいつ、なにを食べるか？　成長したドラゴンは、じっとすわっているだけなら何か月も餌《えさ》なしですごせるが、交尾の時期になると週に一度は食べなければならない。ドラゴンの病気を治す植物もあれば、ドラゴンに病気を引きおこす植物もある。鉤爪《かぎづめ》の手入れや、鱗《うろこ》を清潔にたもつために、いろいろな方法がある。

ブロムの話は、ドラゴンに攻撃されたときの戦術へと続いた。地上で、あるいは騎乗して、べつのドラゴンと戦う場合の基本について。ドラゴンの腹は鎧《よろい》で武装できるが、わきの下だけはおおえないということ。途中、エラゴンが何度も話をさえぎって質問するのを、ブロムはよろこんでいるようだった。ときがすぎるのを忘れて、ふたりは話し続けた。

夜になるころ、彼らはセリンスフォードの近くまでたどり着いた。暗い空のもと、野営する場所をさがしながら、エラゴンはたずねた。「ザーロックをもっていたライダーはだれなの？」

「とても強い戦士じゃった」ブロムはいった。「絶頂期には偉大な力をもち、人々から恐れられておった」

「名前は？」

「それはいわんでおこう」エラゴンはせがんだが、ブロムの意志はかたかった。「出しおしみしているわけではないぞ。断じてそうではない。だが、わしの知識のなかには、今教えてしまうと、おまえを混乱させ、危険をおよぼすおそれのあるものもある。そうしたものに立ちむかえるだけの時間と力を得るまでは、おまえをムダに苦しめる必要はないと思うのだ。わしはな、邪悪なことに利用しようとする者たちから、おまえを守りたいだけなのじゃ」

エラゴンはブロムをにらんだ。「いっておくけどね、ぼくにはあんたが、謎かけをして遊んでいるようにしか見えないんだ。だから、このままあんたとおさらばして、そういうわずらわしさから逃げたいとさえ思っている。なにかいいたいことがあるなら、もってまわった言い方ばかりしないで、はっきりいってよ！」

「静かに。すべてはいずれ話すことになる」ブロムはおだやかにこたえた。エラゴンは納得のいかないまま、うなるしかなかった。

ふたりは一夜をすごすのによい場所を見つけ、野営の準備をした。夕飯を火にかけるころ、サフィラが合流した。〈獲物を捕る時間はあった？〉エラゴンはきいた。

サフィラは愉快そうに鼻を鳴らした。〈あなたたちの歩みがこれ以上遅ければ、わたしは海をひと回りして、それでもおくれをとらずにもどってこられた〉

〈そうやってバカにするな。馬が手に入れば、もっと速く進めるさ〉

サフィラは煙をぷかりと吐き出した。〈そうかもしれない。でも、ラーザックをつかまえるのにじゅうぶんな速さだろうか？　やつらは何日か先に発ち、何キロも先を行っている。それにあいつらは、わたしたちが追ってることを知ってるような気がする。なぜ農場をあれほど派手に破壊しなければならなかったのか？　あなたをわざとおこらせて、あとを追わせたかったからではないのか？〕

〔わからないな〕エラゴンは不安な気持ちでこたえた。サフィラが丸くなって横たわると、エラゴンは温かいその腹によりかかった。ブロムは焚《た》き火のむこう側にすわって、なにやら長い枝をけずっている。やがて急に、その一本が投げつけられた。燃えさかる火の上を飛んでくる枝を、エラゴンは反射的につかみとった。

「それで身を守ってみろ！」ブロムがどなって立ちあがった。

手にもった棒を見ると、なんとなく剣の形に似ている。ブロムはこれで戦おうというのか？　こんな老人になにができるというのか？　勝負したいならやってやるけど、ブロムのやつ、ぼくを負かすつもりなのか？　おどろいても知らないぞ。

ブロムは火のまわりをじりじりと歩きだし、エラゴンは立ちあがった。しばしにらみあったあと、ブロムが棒をふって飛び出してきた。さえぎろうとしたが、エラゴンの動きは遅すぎた。棒であばらをはじかれ、キャッとさけんでしりもちをつく。

エラゴンはなにも考えず、棒を前へつき出した。だがブロムに難なくかわされてしまう。今度は頭めがけてつくと見せかけ、ふいにひねって、わきへついていった。棒と棒がかちあう音が、野営地に響いた。「即興にしては――まずまずじゃ！」ブロムが目を輝かせてさけぶ。その腕がかすんで見えた瞬間、側頭部に割れるような一撃がおそってきた。エラゴンは目がくらみ、空袋のようにたおれた。

いきなり冷水を浴びせられ、飛び起きてつばを吐いた。頭がキンキン痛み、顔にはかわいた血がこびりついている。ブロムが雪まじりの水の入った鍋をかまえ、目の前に立っている。「なんてことするんだよ」エラゴンはむっつりとして立ちあがった。めまいがして、体がふらついた。

ブロムは眉をつりあげた。「ほう？　本物の敵は手加減などしてくれんぞ。わしも同じだ。それとも、おまえのその……無能ぶりにお世辞をいえばいいのか？　わしはそうは思わんがのう」ブロムはエラゴンの落とした棒をつかみ、ぐっとさし出した。「ほれ、守ってみろ」

エラゴンはうつろな目で棒切れを見やり、かぶりをふった。「もういい。たくさんだ」顔をそむけ、うしろへ歩きだす。そのとたん、背中に棒がたたきつけられた。エラゴンはうなってふり返った。

「敵に背中をむけてはならん！」ブロムはどなり、エラゴンに棒を放ってふたたび攻撃をはじめた。容赦ない突きに圧倒され、エラゴンは火のまわりをあとずさった。「わきをしめて、ひざを曲げるのじゃ」ブロムがさけぶ。しばらく注意を飛ばすと、いったんとまり、じっさいに動き方の手本を見せてくれた。「もう一回やってみて！今度はもっとゆっくり！」いっしょにゆっくりと動いて型を覚え、また激しい打ちあいにもどる。エラゴンは物覚えが速かったが、何度くり返しても、ブロムの突きをかわせたのは、ほんの二、三度ほどだった。

剣の稽古が終わると、エラゴンは毛布に寝そべってうめいた。体じゅうが痛かった——棒をもったブロムはいつものおだやかさとはほど遠い。サフィラは全部の歯がむき出るほど口をゆがめ、せきこむような声で長々とうなった。

〔なんか文句があるのか〕エラゴンは不機嫌にいった。

〔べつに〕サフィラはこたえた。〔でも、若造が老人にやられるのを見るのは楽しい〕と、もう一度声をあげる。笑われているのだと気づき、エラゴンは顔を赤らめた。なけなしの威厳をたもつには、横をむいて眠るしかなかった。

翌朝はもっと気分が悪かった。腕じゅう傷だらけで、体は動かすこともできないほど痛い。ブロムが粥《がゆ》をさし出しながら、目をあげてにやりと笑う。「気分はどうじゃ？」エラゴンは不満げにうなり、粥をかきこんだ。

午前中のうちにセリンスフォードへ着くために、ふたりはふたたび道を急いだ。五キロほど歩くと、道幅が広くなり、遠くに煙が見えてきた。「サフィラは先に行ってセリンスフォードのむこうで待ったほうがいい。そう伝えなさい」ブロムがいった。

「ここは用心せねばならん。人目につきやすい場所だからな」

「自分で伝えればいいだろ」エラゴンはけんか腰にいった。

「他人《ひと》のドラゴンに干渉するのは、礼儀違反とされておる」

「カーヴァホールでは、おかまいなしにやったじゃないか」

ブロムは苦笑いをした。「やむをえなかったからじゃ」

エラゴンはブロムをひとにらみしてから、サフィラに指示を伝えた。それにこたえ、サフィラが警告してきた。〔気をつけて。帝国の手の者が、どこにかくれているかわからない〕

道路のわだちが深くなるにつれ、人の足跡がふえてきた。農場が見えてきたのだから、そろそろセリンスフォードの村に入るのだろう。

セリンスフォードはカーヴァホールより大きな村だが、建物の配置がばらばらで、家々はまるででたらめにならんでいた。

「ひどい村」エラゴンはいった。ざっとながめても、デンプトンの製粉所らしきものは見あたらない。バルドルとアルブレックは、もうローランを連れ帰ってるころだろうな。いずれにしろ、従兄と顔をあわせる気にはなれなかった。

「なにはともあれ、見てくれの悪い村じゃ」ブロムはうなずいた。

ふたりと村のあいだにはアノラ川が流れ、がんじょうそうな橋がかかっている。橋をわたろうとしたとき、藪《やぶ》のかげから脂じみた服の男が現れ、ふたりの行く手をふさいだ。シャツの丈が短く、うす黒い腹の肉が綱のベルトにかぶさっている。ひび割れた唇の下に、くずれかけた墓石のような歯が見えた。「おまえら、とまれ。これはおらの橋だ。わたりたきゃ、金払え」

「いくらだ？」ブロムがしかたなくたずねる。

ブロムが財布を取り出すと、橋守りは目を輝かせた。「五クラウン」と、にんまり笑う。

エラゴンは法外な値段にかっとして嚙《か》みつきそうになったが、ブロムがひとにらみして、それを制した。無言のまま、硬貨がさし出される。橋守りはベルトからさげた袋に金をしまった。「まいどあり」男は小バカにするようにいって立ち去ろうとした。

その瞬間、前へ歩きかけたブロムが、よろめいて橋守りの腕につかまった。「気いつけろや」うすよごれた男はどなって体をはなした。

「すまんすまん」ブロムはあやまって、エラゴンといっしょに橋をわたった。

「なんでだまって払ったんだよ。あんなのたかりじゃないか！」声のとどかないところまで行くと、エラゴンはうったえた。「橋だってたぶん、あいつのものなんかじゃないよ。おしのけて通ればよかったんだ」

「そうかもしれんな」ブロムがうなずく。

「じゃあ、なんで払ったの？」

「世の中の愚か者すべてと議論するわけにいかんからじゃよ。そのままいうとおりにして、相手が油断したすきに策を講じたほうが楽だろう？」ブロムは手を開き、光り輝く硬貨の山を見せた。

「あいつの金を盗ったのか！」エラゴンは目を疑った。

ブロムはウインクをして、金をポケットにしまった。「しかも大量にな。金をひとところにしまっておくものではない。あの男もこれで学んだじゃろう」むこう岸から、男のくやしがる声が響いてきた。「どうやらやっこさん、なくしたものに気づいたらしい。いいか、見はられている気がしたら、すぐに知らせるのだぞ」民家のならぶ通りへ入ると、ブロムは走っている少年の肩をつかんで「馬はどこで買えばいいのかね?」と、たずねた。少年はふたりをじっと見つめ、村境に近いところに見える大きな納屋を指さした。「ありがとう」ブロムは少年に硬貨を一枚投げてやった。

納屋の大きな二枚扉はあけはなたれ、二列の長い馬房が見とおせた。奥の壁いっぱいに鞍《くら》や引き具やその他付属品がかけられている。いちばんはしの房で、たくましい腕をした男が白い牡馬《おすうま》にブラシをかけていた。男はふたりを見て手まねきをした。

ブロムは歩みよりながら声をかけた。「美しい馬じゃのう」

「そうだろう。スノーファイアっていうんだ。おれはハバース」ハバースはざらついた手をさし出し、エラゴンとブロムとがっちり握手をした。彼はふたりが名乗り返すのを行儀よく待ち、返事がないと見るとたずねた。「馬がほしいのかい?」

ブロムがうなずいた。「馬二頭と馬具一式。足が速くてじょうぶなのがいい。かなり長旅になるんでのう」

ハバースはすこし考えてからいった。「それほどの馬となると数はかぎられている。値もはるしなあ」牡馬《おすうま》は不安そうに体を動かした。ハバースは馬を何度かなでて、落ち着かせた。

「値段は問題ではない。ここでいちばんいい馬がほしいのじゃ」ブロムがいった。ハバースはうなずいて馬を房につなぐと、奥の壁へ行って、鞍《くら》などの馬具を集めはじめた。まもなく二そろいの馬具一式をかかえてもどってきた。そして房のあいだを歩いていき、二頭の馬を連れてもどってきた。一頭はうすい色の鹿毛で、もう一頭はかすげ毛の馬だ。鹿毛の馬はハバースのにぎった綱をぐいぐい引いている。

「元気のいいやつでね、でもしっかりにぎっていればだいじょうぶだ」ハバースは鹿毛の綱をブロムにもたせた。

ブロムがだまって手のにおいを嗅がせると、馬はおとなしく彼に首をさわらせた。

「こいつはいただいていく」ブロムはそういって、もう一頭のかすげ毛の馬に目をやった。「だが、こっちはやめておこうかな」

「いい足をしてるんだが」

「ふうん……そっちのスノーファイアは？」

ハバースは白い牡馬《おすうま》を愛しげに見た。「できればスノーファイアは売りたくないな。今まで繁殖させたなかでいちばんいい馬でね——種馬にして子をふやそうと思ってるんだ」

「もし手放すとしたら、全部ひっくるめていくらになるだろう?」

エラゴンはブロムをまねて鹿毛をさわろうとしたが、馬はおびえてあとずさってしまう。すると彼は無意識のうちに、馬をなだめようとして、その心に接触をこころみていた。馬の意識に触れた瞬間、自分でもおどろいて体がこわばった。接触はサフィラとのときほど明確でも強烈でもないが、ある程度の意思の疎通はできる。彼はおずおずと、自分が友だちであることを馬に伝えてみた。鹿毛はみるみる落ち着いて、澄んだ栗色の目でエラゴンを見つめ返してきた。

ハバースは指を折って、馬や馬具の代金を見積もっている。「二百クラウン。それ以下では売れんな」馬にこんな大金を出す者はいるまいと、彼は自信満々の笑みを浮かべた。ブロムは無言で財布を開き、金をかぞえはじめた。

「これでいいかな?」ブロムがいった。

長い沈黙のなか、ハバースはスノーファイアと金をちらちら見くらべていた。やがてため息をついた。「あんたにゆずろう。名残おしいがしかたない」

「伝説の名馬ギルディンドールの子孫だと思って、大切にあつかおう」ブロムはいった。

「そいつはなによりの言葉だ」ハバースは軽く頭をさげ、ふたりが鞍《くら》をつけるのを手伝った。出発の準備ができると彼はいった。「それじゃあ気をつけて。スノーファイアのためにも、災難に巻きこまれないよう祈ってるよ」

「心配せんでもよい。わしがしっかりと守る」ブロムはそういってハバースと別れた。「さて」歩きだすとすぐ、ブロムはエラゴンにスノーファイアの手綱をもたせた。「セリンスフォードを出たところで待っとってくれ」

「どうして?」エラゴンがたずねるのも聞かず、ブロムはさっさと遠ざかっていく。エラゴンはむっとしながらも、二頭の馬といっしょにセリンスフォードを出て、路肩でブロムを待つことにした。南方をながめると、峡谷のはしにぼんやりと、巨大な石柱のようなウトガード山の輪郭が見えた。山頂は雲をつらぬいてかすみ、周囲の低い山々を見おろすようにそびえている。その暗い不気味な姿を見ていると、エラゴンは頭皮がピリピリするのを感じた。

ブロムはほどなくもどってきて、ついてこいと手で指図して歩きだした。セリンスフォードの村が木立のかげになるまで歩くと、ブロムはようやく口を開いた。「ラーザックがここを通ったのはまちがいない。村によって、わしらと同じように馬を調達した。やつらを見たという男から話を聞けたのじゃ。口にするのも恐ろしいという様子で話しおった。聖人から逃げる悪魔のように、セリンスフォードから出ていったとな」

「ずいぶん人目を引いたんだ」

「ずいぶんと」

エラゴンは鹿毛の馬をなでた。「さっきの納屋で偶然、この馬の意識に触れてしまったんだ。そんなことまでできるなんて、知らなかったよ」

ブロムは眉をひそめた。「おまえのような新米が、そこまでやるのはふつうじゃない。たいていのライダーは、何年もの訓練を積んで、ようやく自分のドラゴン以外の動物と接触できるようになるものじゃ」老人は物思いにふけるような顔でスノーファイアをながめ、やがていった。「荷物を出して鞍袋《くらぶくろ》に入れなさい。背嚢《はいのう》はその上にくくりつけておくといい」ブロムはスノーファイアに乗り、エラゴンはいわれたとおりにした。

エラゴンは解せない思いで鹿毛の馬を見つめた。サフィラにくらべると、それはあまりにも小さい。一瞬、その馬が自分の体重をささえきれるのかと、くだらないことを思った。ため息をつき、ぎこちなく鞍《くら》にまたがった。鞍をつけて馬に乗るのは初めてだし、裸馬でも遠出などしたことはない。「サフィラに乗ったときみたいに、足が痛くなるかな？」

「今はどんな具合じゃ？」

「悪くない。でも、無茶な乗り方をすると傷口がまた開くかもしれない」

「無理せずに行こう」ブロムはそういって、エラゴンに乗馬のコツをいくつか教えた。ふたりはゆっくりと進みだした。じきにまわりの風景は、耕作地から未開地へと変わっていった。道ぞいにはイバラや草が生いしげり、育ちすぎたイバラの蔓《つる》は服にからみついてくる。背の高い岩が、ふたりをのぞきこむかのように、灰色の体を地面からななめにつき出している。あたりには侵入者に対する敵意のような、冷えびえとした空気が立ちこめていた。

先へ進むごとに、頭上には巨大なウトガード山がせまってくる。ごつごつとした断崖のあいだに、雪の峡谷が深いうねをつくっている。山の周囲は、その真っ黒な岩肌に明るさをすいとられたかのようにうす暗い。ウトガード山とパランカー谷の東側の山脈のあいだは、深い裂け目のような地形になっており、パランカー谷をぬけるにはそこを通るしかない。彼らの進む道もそこへつながっていた。

ひづめが砂利にあたってカツカツと響く。ウトガードの山すそにそって、道はどんどん細くなっていた。エラゴンはウトガードの頂を見あげておどろいた。頂上に尖塔《せんとう》が建っている。上部の小塔《タレット》はくずれ、修理もされていないが、それでもその建物は歩哨《ほしょう》のようにいかめしく峡谷を見おろしている。「あれはなに?」エラゴンは指をさした。

ブロムは顔をあげもせず、無念さのにじむ声でこたえた。「かつてのライダー族の前哨地点だ――彼らが生まれて以来ずっとそうだった。謀反のとき、ヴレイルが逃げこんで、ガルバトリックスに見つかり、殺された場所だ。ヴレイルがたおされてから、ここはすっかりすさんでしまった。この山には、征服できないという意味のエドックシルという名がついておったのだ。あまりのけわしさに、空を飛べるものでなければ、山頂にたどり着くことはできんからだ。ヴレイルの死後、一般の民にはウトガードと呼ばれるようになったがな。だがじつは、この山にはもうひとつ名前がある。リストヴァクベーン――悲しみの地。王に殺される前の最後のライダーたちが、そう呼んだのだ」

エラゴンは畏怖の念をもって塔を見あげた。容赦ない時間の流れで色あせてしまってはいるが、そこにはライダー族の栄華の名残が実体として残っているのだ。彼はライダー族の歴史の重みにあらためて気づかされた。遠い昔にきずかれた英雄伝説の遺産に、圧倒される思いだった。

彼らはウトガードのふもとを長い時間かけて進んだ。山脈を分ける裂け目に入ると、ウトガード山が右手にかたい壁のようにそびえ立つ。エラゴンはあぶみに立って背のびをした。パランカー谷の外にひろがる世界を早く見たくてたまらないが、それはまだはるか遠い先にある。アノラ川にそって、丘や谷をのぼったりくだったりの坂道が続いた。やがて背中の夕日がしずみだすころ、ふたりは台地の上で馬をとめ、木立のむこうをながめやった。

エラゴンは息をのんだ。両側には山脈がそびえているが、そのふところには広漠たる平野がどこまでも続き、はるかかなたの地平線で空と溶けあって消えている。見わたすかぎり黄色い枯れ草の色。空には、強風に流された雲が細く長くたなびいている。

エラゴンは、なぜブロムが馬で行くといいはったのか、今になってわかった。この果てしない距離を徒歩で行くには、数週間、数か月とかかってしまう。はるか上空、鳥と見まちがえるほど高いところで、サフィラが旋回しているのが見えた。

「くだるのはあしたにするか」ブロムがいった。「丸一日かかりそうだからな。今日はここで休むとしよう」

「あの平原をこえるのに、どれくらいかかるの？」エラゴンはおどろきの冷めやらぬ声でたずねた。

「二、三日。あるいは二週間以上かかることもある。どの方角へむかうかによるな。このあたりは遊牧の種族がいる以外、東のハダラク砂漠と同じように無人の土地なのだ。だから、集落らしきものはほとんどない。しかし、南のほうへ行けば、平原の土壌もいくらか肥え、人がけっこう住んでおる」

ふたりは道からはずれ、アノラ川の岸辺で馬をおりた。鞍をはずすとき、ブロムが鹿毛の馬をさしていった。「そいつに名前をつけんとならんな」

エラゴンは馬を杭《くい》につなぎながら考えてみた。「スノーファイアほど高貴な名前は思いつかないけど、これはどうかな」馬に手をのせていった。「おまえはカドック。ぼくのおじいさんの名だからな、よく覚えとけよ」ブロムはうんうんとうなずいているが、エラゴンはすこし気はずかしくなった。

サフィラがおりてくると、エラゴンはたずねた。〔平原はどんな感じだった?〕

〔たいくつ。低木とウサギしか見えなかった〕

夕飯が終わるなり、ブロムが立ちあがって吠《ほ》えた。「ほれ、つかめ!」手をあげてつかむ間もなく、木の棒がエラゴンの脳天を直撃した。またしても即席の剣。エラゴンはうめいた。

「もういやだ」エラゴンはごねた。

ブロムはただにやりと笑って手まねきをする。

エラゴンはしぶしぶ立ちあがった。ひとしきり激しく打ちあったところで、腕が痛みだし、エラゴンはどんどんあとずさっていった。

訓練の時間は一度めより短かったとはいえ、エラゴンにはまた新しい傷がふえた。打ちあいが終わるや、彼はうんざりして棒を投げすて、焚《た》き火からつかつかとはなれ、ひとり傷の手当てをするのだった。

17 稲光

翌朝、目覚めると、エラゴンは昨日までのいろいろな出来事は、頭のすみに追いやることにした。思い出しても気がめいるばかりだ。かわりに、ラーザックを見つけて殺す手段を考えることに精力をつぎこんだ。弓で殺してやるぞ。マントの体に矢がつきささった姿を想像しながら、そう心に誓った。

その朝は、立ちあがるのも容易ではなかった。ちょっと動いただけで筋肉は痙攣《けいれん》し、指の一本は腫れて熱をもっている。出かける準備ができたとき、エラゴンはカドックにまたがり、声をとがらせていった。「こんなことを続けてたら、体がばらばらになってしまう」

「おまえのことを、やわなやつだと思ったら、無理なことはさせせんよ」

「なら、やわだと思われたいよ……」エラゴンはぼやいた。

サフィラが近づいてくると、カドックはおびえたように急ぎ足で歩きだした。サフィラはうっとうしいものでも見るような目つきで馬を見た。〔平原にはどうせかくれる場所などないのだから、わざわざ遠くを飛ぶこともないでしょう。これからは、あなたたちの真上を飛ぶことにする〕

サフィラは飛び立ち、エラゴンたちは台地の急斜面をくだりはじめた。あちこちで道がとぎれてしまっているその台地は、自分で道をつくって歩くしかない。彼らはたびたび馬をおり、足をすべらせないよう低木にしがみつきながら、馬をひいて斜面をくだった。地面には石が散らばっていて、よけいに足場が不安定だった。寒いにもかかわらず、きびしい道程のせいで体はほてり、神経は高ぶるばかりだった。

昼近く、ふもとにたどり着いたところで休憩をとることにした。そこからアノラ川は左に向きを変え、北の方角へ流れていく。冷たい風が容赦なくふき荒れ、かわききった地面から目に土埃が飛んでくる。

見わたすかぎりの平坦な土地が、エラゴンを落ち着かない気分にさせた。広い平原をさえぎるものは、なだらかな丘くらいしかない。こどものころからずっと、高い山にかこまれた土地で暮らしてきた。山のない場所では、ワシの鋭い目にさらされたネズミのように、無防備でたよりない気持ちになる。

平原に入ると、道は三本に分かれていた。一本めの道は北部の大都市のひとつ、シユノンにむかっている。二本めはまっすぐ平原を横切る道。最後の道は、南方へのびている。三本の道にラーザックの痕跡をさがした結果、平原を横切る方向にそれらしき足跡を見つけた。

「どうやらヤーズアックへむかったらしい」ブロムは困惑の表情でいった。

「どこなの、それは?」

「南東へむかって、順調に行っても四日くらいはかかる。ニノー川のそばにある小さな村じゃ」ブロムは北へ流れを変えるアノラ川をさしていった。「これからしばらく水にはありつけんぞ。平原をわたる前に、革袋にたっぷり入れておかねばならん。ヤーズアックまでは、川も泉もないからな」

エラゴンのなかで、じわじわと狩りの興奮が高まっていた。数日か、少なくとも一週間のうちに、自分の弓で、ギャロウの仇《あだ》を討てるのだ。そしてそのあとのことは……考えないようにした。

彼らは革袋に川の水を満たし、馬に水を飲ませ、自分たちも飲めるだけの水を飲んだ。サフィラもおりてきて、がぶがぶとのどに流しこんだ。生気を回復したところで、一行は東へ向きを変え、平原をわたりはじめた。

平原に入って、まず往生させられたのは風だった。おかげでエラゴンは悲惨な状態になった——唇がひび割れたのも、舌がひからびたのも、目がしみるのも、すべては風のせいだ。すさまじい風が、一日じゅう彼らのあとを追ってくる。夜になっても凪《な》ぐどころか、さらに激しくふきつけてくる。

身をかくすものなどないので、夜はふきさらしの場所で休まなければならなかった。そんな苛酷な環境でも生いしげる草があった。エラゴンはその短くてたくましい草を引きぬき、ていねいに積みあげて火をつけようとした。だが木質の茎は強いにおいを放ちながら、煙をくすぶらせるばかりだ。エラゴンはあきらめて、火口箱《ほくちばこ》をブロムに放った。「こんなひどい風じゃ、火なんかつけられない。ためしにあんたがやってみてよ。じゃなきゃ、冷たい飯を食べるしかないよ」

ブロムはひざをついて、積みあげた草をじろりと見やり、数本の茎を積み直した。火打ち石を打つと、草の上に滝のような火の粉がふりかかる。しかし煙をくゆらせるだけで火はつかない。顔をしかめ、もう一度こころみるが、結果はエラゴンと同じだった。「ブリジンガー！（燃えろ）」ブロムはしかりつけるようにして石を打った。ぱっと炎があがり、彼は満足げにあとずさった。「これでよかろう。すでになかがくすぶっておったのだな」

料理が煮えるのを待つあいだ、彼らはまた棒の剣で打ちあいをした。ふたりとも腹がすきすぎて体が思うように動かず、早めに切りあげることになった。食事が終わると、ふたりはサフィラのそばに横になり、その体を風よけにして眠った。

翌朝も、だだっ広い平地を、前日と同じ冷たい風が駆けめぐっていた。エラゴンの唇は夜のうちにひび割れ、話したり笑ったりすると、じんわりと血がにじむようになった。なめたのがよけいに悪かった。ブロムも同じ状態だった。彼らは馬に貴重な水をすこしだけ飲ませ、出発した。その日は、先の見えない単調な道がどこまでも続いた。

三日め、エラゴンはひさしぶりにぐっすり眠った。風がおさまっていたこともあり、爽快な気分で目覚めることができた。だが、行く手の空が雷雲で真っ暗になっているのを見たとき、その気持ちもそがれてしまった。

ブロムが雲を見て眉をひそめた。「ふつうなら、あのような嵐にわざわざ近づいてはいかんのだが、わしらはどのみち試練にむかおうとしておるのだ。進めるだけ進んでおいたほうがよかろう」

暴風雨が来る直前まで、天気はおだやかだった。雲の影におおわれて初めて、エラゴンは空を見あげた。そこには、壮大なアーチ状の屋根をもつ大聖堂のような、魅惑的な形をした雷雲があった。想像力をひろげると、柱や窓やそびえる塔や、歯をむき出すガーゴイルまで見えるような気がする。荒々しいまでの美しさだった。

視線をさげたとき、前方から激しい波が、枯れ草をなぎたおしながらおしよせてくるのが見えた。次の瞬間、それがとてつもない風であることに気づいた。ブロムもとっさに気づき、ふたりは背中を丸めて突風にそなえた。

突風がもうじきおそってくるというとき、エラゴンの脳裏に戦慄が走った。馬の背で体をひねり、声と意識、両方をふりしぼってさけんだ。「サフィラ！　おりてこい！」ブロムの顔も青ざめた。上空に、急降下してくるサフィラの姿。「無理だ、間に合わない！」

サフィラは風の進行方向へ先回りするように降下しながら、なんとか時間を稼ごうとしている。その瞬間、エラゴンの上に、巨大ハンマーの一撃のような天の怒りがおそいかかった。猛りくるう風の咆哮《ほうこう》を聞きながら、エラゴンはあえぐように息をし、しっかりと鞍《くら》をにぎりしめた。カドックは体をふらつかせながらも、地面にひづめをめりこませ、たてがみをピシピシうならせている。嵐の見えない指が、衣服を引きさこうとしていた。もうもうと巻きあがる土埃《つちぼこり》であたり一面が暗くなった。

エラゴンは薄目をあけ、サフィラの姿をさがした。サフィラは彼らよりずっとうしろのほうで着地し、うずくまって地面にしがみついている。翼をたたみかけたとき、嵐がついにそこに行き着いた。風はすさまじい力で翼を引きはがし、体をすくいあげた。サフィラは風圧で宙に浮き、一瞬ののち、背中から地面にたたきつけられた。

エラゴンはカドックの体をまわし、かかとと心の両方でせきたてながら、サフィラのほうへ走った。彼はさけんだ。〈サフィラ！　今行くから、そこにじっとしてろよ！〉サフィラの重苦しい意識が返ってくる。彼女に近づいたところで、カドックが急に動かなくなった。エラゴンは飛びおりて猛然と駆けだした。

背中の弓が頭にガンガンぶつかっていた。うしろから追ってくる強風にあおられ、体がふき飛ばされる。胸からすべりこんで皮膚がすり切れたが、歯を食いしばって起きあがった。

サフィラまでほんの三メートル。しかし翼の激しいはためきで、それ以上近づくことができない。サフィラは強風のなか、必死で翼をたたもうとしている。エラゴンは右の翼に飛びつき、引きおろそうとした。だがそのとたん、風にあおられ、サフィラの体は空中で一回転、エラゴンの頭上すれすれを背中のとげがかすめていく。サフィラは二度と飛ばされまいと地面に鉤爪《かぎづめ》を食いこませた。

翼がまたしてもひるがえった。しかし、サフィラが飛ばされる寸前、エラゴンは左の翼に体ごと飛びついた。サフィラがしわのよった翼を、自分の体にしっかりと巻きつける。エラゴンはその背によじのぼり、もういっぽうの翼の上へところがった。と、前ぶれもなく、翼が真上にひるがえり、エラゴンは地面にすべり落ちた。ころがって落下の衝撃をおさえ、立ちあがってふたたび翼に飛びつく。サフィラの翼を、エラゴンはありったけの力をこめてたたもうとした。風との激しいおしあいの末、最後の大波をやりすごし、彼らはようやく勝った。

エラゴンは息もたえだえでサフィラによりかかった。〈だいじょうぶか？〉体のふるえが伝わってくる。

返事が聞こえるまでに間があった。〔たぶん……だいじょうぶ〕声もふるえていた。〔どこも折れてはいないが――わたしにはなにもできなかった。風にやられっぱなしで、あまりにも無力だった〕身ぶるいし、サフィラはだまりこんだ。

エラゴンは気づかってのぞきこんだ。〔安心しろ。もうだいじょうぶだから〕遠くはなれたところに、風に背をむけて立つカドックの姿が見えた。ブロムのところへもどっているよう、心のなかで馬に命じ、エラゴンはサフィラの背に乗った。サフィラは強風と闘いながら道を進み、エラゴンは頭を低くしてその背にしがみついた。

ブロムに近づくと、彼は風に負けない大声で呼びかけてきた。「サフィラはケガしたのか?」

エラゴンはかぶりをふって地面におりた。カドックがいないいて速足で駆けよってきた。馬の長い頬をなでていると、ブロムが前方を指さした。雨の暗幕が、灰色の表面を波打たせながら近づいてくる。「今度はなんだよ!」エラゴンは悲鳴をあげ、服をしっかりとかきあわせた。まもなく訪れた豪雨に、彼は身をすくめた。つきささる雨は氷のように冷たく、彼らはまたたく間にずぶぬれになり、体をがたがたとふるわせた。

空には稲妻が光っては消えていた。一キロ半ほどの高さから、青い稲光が空を切りさいて地平線へおり、続いて、地の底をゆるがす雷鳴がとどろきわたる。美しい。美しいけれど、鬼気せまる光景だった。雷が落ちるたび、そこここで草が燃え、すぐに雨でかき消されていく。

なかなかおとろえようとしなかった自然の猛威も、やがて時間の経過とともに四方へそれていった。ふたたび空が現れ、夕日が明るく照りはじめた。光の筋が雲を赤々と染めたとき、あたり一面に――あるものは明るく光り、あるものは暗くかげり――くっきりとしたコントラストがついた。物体が一種独特の立体感をもち、草の茎までが大理石の柱のようにずっしりとして見える。ごくふつうのものがみな、この世のものとは思えない美しさを帯びている。エラゴンは、自分が一幅の絵のなかにすわっているような錯覚を起こした。

復活した大地は新鮮な香りがして、彼らの心を浄化し、元気づけた。サフィラがのびをして、首を長々とのばし、気持ちよさそうに吠《ほ》える。馬たちはおどろいて飛びのいたが、エラゴンもブロムも潑剌《はつらつ》としたサフィラを見て笑みを浮かべた。

その晩は、日が落ちる前に浅いくぼ地に野営した。疲れはててとても打ちあいなどする気になれず、ふたりともたおれこむように眠った。

18 ヤーズアックの惨劇

嵐のときに革袋の水を多少は補給したものの、次の朝にはすべて飲みほしてしまった。「道をまちがえてないといいけどなあ」エラゴンは空の革袋を嚙《か》みながらいった。「だって、今日じゅうにヤーズアックに着けないと、こまったことになるだろ」

ブロムは心配などしていないようだ。「以前ここを通ったことがある。日が暮れる前にヤーズアックが見えてくるじゃろう」

エラゴンが失笑する。「あんたには、ぼくに見えないものが見えるんだね。どこをむいても同じ景色なのに、なんでそんなことがわかるんだよ」

「わしは地上の景色ではなく、星や太陽をたよりに歩いておるのだ。星や太陽が誤った方向にみちびくことはない。さあ！　出発だ。いらんことで悩むのはバカらしい。ヤーズアックはすぐに見えてくるぞ」

彼の言葉は正しかった。サフィラがまず早々に村を発見した。しかしエラゴンたちの目には、それはまだ地平線上の黒いこぶ程度にしか見えなかった。ヤーズアックはまだはるか先。平原がどこまでも真っ平らだから、目に入るだけなのだ。先へ進むにつれ、村の両側に黒っぽい線のようなものが見えてきた。線はうねりながら遠方へのびて消えている。

「ニノー川だ」ブロムは指さしていった。

エラゴンはカドックをとまらせた。「このままいっしょに行動してると、サフィラが人に見られてしまう。ぼくらがヤーズアックによってるあいだ、かくれているようにいったほうがいいかな?」

ブロムはあごをかきながら村を見やった。「あの川の湾曲部が見えるか? サフィラにはあそこで待っていてもらうといい。ヤーズアックからはすこしはなれているから、人に見られることはあるまい。わしらとはぐれるほどの距離でもないだろう。村のなかを調べて、必要なものを調達したら、また合流しよう」

〔いつも悪者のようにかくれねばならず、気分が悪い〕サフィラがいった。〔気に食わない〕エラゴンが予定を説明すると、

〔ぼくたちのことがバレたらどうなるか、おまえもわかってるだろう?〕

サフィラはぶつぶついいながらもあきらめて、低空で飛んでいった。

もうじきありつける食べ物や飲み物を励みに、彼らは馬を速めた。やがて集落が見えてきた。民家の煙突からは煙が出ているが、通りにはまったく人影がない。村は異常な静けさにおおわれている。最初の民家の手前で、彼らは申しあわせたように馬をとめた。エラゴンがふともらした。「犬一匹吠《ほ》えてないね」

「うむ」

「でも、気にするほどのことじゃないよね」

「……うむ」

エラゴンが一瞬ためらってからいう。「ぼくらのこと、もうだれかが気づいてもいいはずだ」

「そうじゃな」

「じゃあ、どうしてだれも出てこないんだろう?」

ブロムは日の光に目を細めた。「用心しておるのだろう」

「そうかもね」エラゴンはしばしだまりこんだ。「でも、もしこれが罠《わな》だったら?

ラーザックが待ちぶせしてたら？」

「食糧や水は、どうしても必要だ」

「ニノー川がある」

「それでも、食糧は必要じゃ」

「たしかにね」エラゴンはあたりを見まわした。「じゃあ、行ってみる？」

ブロムが手綱を打つ。「しかし、バカなまねはせん。ここは村のいちばん大きな入り口だ。待ちぶせするとしたら、ここしかあるまい。だれもべつの場所から入ってくるとは思わんだろう」

「じゃあ、わきから入るんだね？」エラゴンはいった。ブロムはうなずくと、剣をぬいて鞍《くら》の上に置いた。エラゴンは弓をはり、矢をつがえた。

彼らは静かにわきへまわり、警戒しながら村へ入った。やはり、どの通りにも人っこひとりいない。彼らの姿を見て、子ギツネが一匹あわてて逃げていっただけだ。家々は不気味なほど暗く、窓はぴったり閉ざされている。多くの家の扉が、こわれた蝶番《ちょうつがい》にぶらさがってゆれている。馬が不安げに目をきょろきょろさせた。エラゴンは掌がうずくのを感じ、かきたい気持ちをこらえた。村の中心部にさしかかったとき、彼は思わず弓をにぎる手に力をこめた。「なんてことだ」真っ青な顔でつぶやいた。

硬直した体、恐怖にゆがんだ顔、目の前に人間の死体が山のように積みあげられている。衣服は血にまみれ、ふみ荒らされた地面にも血がしみこんでいる。女を守るように重なってたおれる男、こどもを抱いたままの母親、たがいをかばうように抱きあって死んでいる恋人たち。どの死体にも黒い矢がささっている。老いも若いも関係ない。皆殺しだ。なによりむごいのは、死体の山のいちばん上に積まれた赤んぼうだった。その真っ白な肌は、槍《やり》にさしつらぬかれていた。

涙で視界がかすみ、エラゴンは顔をそむけようとした。だが死者たちの顔が、彼の目をとらえて放さなかった。命がこんなにもたやすく消えてしまっていいものなのか。見開かれた目を見つめて自問する。こんな死に方をさせられるなら、そもそも生まれてくる意味なんてあったのか？　エラゴンは絶望の波におし流されそうだった。

一羽のカラスが、空から黒い影のように舞いおり、槍の穂先にとまった。カラスは首をかしげ、貪欲な目で赤んぼうを品定めしている。「おい、やめろ！」エラゴンはどなるや、弓を引いて矢を放った。羽根を飛び散らせ、カラスはうしろ向きにたおれた。矢はその胸をつらぬいている。エラゴンはさらに矢を引こうとしたが、こみあげる吐き気にたえきれず、カドックのわき腹に嘔吐《おうと》した。

ブロムはエラゴンの背中をさすり、吐き気がおさまると静かにたずねた。「おまえは村の外で待っているか?」

「いや……いっしょに行くよ」ふるえる声でこたえ、口をぬぐう。そして惨状から目をそらした。「いったいだれがこんなこと……」言葉が続かない。

ブロムが頭をさげた。「他人の痛み苦しみをよろこぶもの。さまざまな顔をもち、さまざまに姿を変えるが、そいつらの名はただひとつ——悪魔だ。わしらには理解などできん。できるのは、犠牲者たちを哀れみ、敬うことだけだ」

ブロムはスノーファイアからおり、ふみ荒らされた地面を慎重に見てまわった。「ラーザックが通ったようだな」ゆっくりと口を開く。「しかし、これはやつらの仕業ではない。アーガルだ。この槍《やり》はアーガルのものだ。おそらく、百人あまりの大群がおしよせたにちがいない。妙だな……連中がこれほどいっぺんに集まることなど、今まで二、三度もあったかどうか……」ブロムはひざをつき、足跡を丹念に調べている。と、ふいに毒づいて、スノーファイアに駆けもどり、飛び乗った。

「逃げろ！」ブロムはうわずった声でさけび、スノーファイアの手綱を打った。「まだそのへんにアーガルが残っておる！」エラゴンもカドックをかかとでけりつけた。馬は前へ飛び出して、スノーファイアのあとを追った。民家のあいだを疾走し、もうじき村はずれというところで、彼の掌がまたピリピリしはじめた。ふと、右手に動くものが見え、次の瞬間、大きな拳がエラゴンの体を鞍《くら》からたたき落とした。本能的に弓をにぎりしめたまま、彼はカドックのうしろへふっ飛び、家の壁にたたきつけられた。呆然《ぼうぜん》として、わき腹をおさえながらあえぐように立ちあがる。

アーガルが目の前に立ち、下卑た目つきで彼を見おろしている。怪物は上背が高く、がっしりとして、肩幅は戸口より広い。皮膚は灰色で、目は豚のような黄色。腕と胸の筋肉がもりあがり、胸板にひどく小さい胸当てをつけている。湾曲した羊のような角がこめかみに二本、その上に鉄兜《てつかぶと》をかぶり、片手には円形の盾をもっている。がんじょうそうな手には、邪悪な短剣がにぎられている。

背後では、スノーファイアの手綱を引いてうしろへもどろうとしたブロムが、斧《おの》をもったふたりめのアーガルに行く手をふさがれていた。「逃げろ、バカ者！」敵をかわそうとしながら、ブロムがエラゴンにさけぶ。エラゴンの前のアーガルが雄たけびをあげ、すさまじい力で剣をふりおろしてきた。ビュッという音とともに剣が頬すれすれをかすめ、エラゴンは悲鳴をあげてうしろへ飛びのいた。そのまま立ちあがり、村の中心へむかって一気に駆けだす。心臓がくるったように打っていた。

アーガルは重いブーツの音を響かせ、すぐさまあとを追ってきた。エラゴンはサフィラの心にむかって助けてくれと絶叫し、さらに力をふりしぼって走った。けんめいに走っても、アーガルは見る間に差をつめてくる。今や、牙をむき出す音まで聞こえてくるようだ。怪物がいよいよ間近まできたとき、エラゴンは弓を引き、ふりむきざま、ねらいを定めて矢を射た。アーガルは腕をあげ、飛んでくる矢を盾でかわし、二本めを放とうとするエラゴンに飛びかかってきた。ふたりはもつれあって地面にころがった。

エラゴンは怪物をふりほどいて立ちあがり、ブロムのほうへ駆けもどった。ブロムはスノーファイアにまたがったまま、敵と激しく打ちあっている。ほかのアーガルどもはどこだ？　エラゴンは必死で考えた。ヤーズアックに残っているのは、このふたりだけなのか？　ズッとなにかがぶつかるような音がした。見ると、スノーファイアが前足をふりあげていなないている。ブロムは鞍《くら》の上で腕から血を流し、うずくまっている。その前で、斧《おの》をもったアーガルが勝利の雄たけびをあげながら、ブロムに死の一撃をふりおろそうとしていた。

耳をつんざくようなさけびとともに、エラゴンはアーガルに猛然とつっこんでいった。アーガルは一瞬、おどろいて動きをとめたが、すぐにあざけるような顔をエラゴンにむけ、斧《おの》をふりおろしてきた。両手でにぎった斧の下をかいくぐり、エラゴンはアーガルのわき腹を爪で引っかいた。血の筋がにじみ、アーガルは怒りで顔をゆがめる。ふたたびふりおろされた斧をかわし、エラゴンは横っとびで路地へころがった。

エラゴンは、アーガルをブロムから引きはなすことしか考えていなかった。しかし、とっさに飛びこんだ細い路地は行きどまりだった。あわてて足をとめ、引き返そうとするが、ふたりのアーガルがすでに路地の入口に立ちはだかっている。怪物たちはざらついた声で悪態をつきながら、じりじりと近づいてくる。左右を見まわしても、逃げ道はどこにもない。

アーガルたちとむきあった瞬間、エラゴンの頭のなかにさっきの光景が浮かびあがってきた――積みかさなる村人たちの屍《しかばね》、その中央につき出た槍《やり》、もう大人になることのない、罪なき赤んぼうの亡骸《なきがら》。彼らの運命を思ったとき、体のすみずみから、燃えたぎる炎のような力がこみあげてきた。それはたんなる正義感ではない。死という現実——自分が存在しなくなるという現実——への、強烈な嫌悪感だった。その力は彼のなかでどんどん大きくふくれあがり、爆発寸前にまで達していた。

恐怖はすべて消え、エラゴンは背中をまっすぐにして立った。よどみない動きで、弓をかまえる。アーガルたちはあざ笑いながら、盾をもちあげた。エラゴンは今まで何百回となくやっているように、矢柄《やがら》をさげ、矢じりと標的が一直線になるよう照準をあわせた。体内の炎はもはやたえられないほど熱く燃えさかっていた。今外へ放たなければ、体が焼きつくされてしまう。無意識のうちに、その言葉が、口から飛び出てきた。「ブリジンガー！」彼はさけんで、矢を射た。

矢はパチパチと音を立てながら青い光となり、空気をさいて飛んでいった。矢がひとりめのアーガルの額に命中したとき、あたりに爆発音がとどろいた。怪物の頭からふきあがった青い爆風が、一気にふたりめのアーガルをもしとめた。身動きする間もなく、爆風はエラゴンにもおそいかかり、しかし、彼になんの衝撃もあたえることなく、そのまま民家にぶつかって消散した。

エラゴンは肩で息をしながら立ちあがり、冷たい掌を見おろした。熱い白金のように光るゲドウェイ・イグナジアは、見る間にふつうの状態にもどっていく。手をにぎると、激しい疲労の波がおしよせてきた。何日も食べていないかのような、異様なだるさを感じた。ひざの力がぬけ、彼は壁にがっくりとよりかかった。

19
訓戒

すこしだけ力が回復すると、エラゴンは怪物の死骸をよけてふらふらと路地を出た。いくらも歩かないうちに、カドックが駆けてきた。「よかった、おまえはケガしなかったんだな」エラゴンはつぶやいた。手がひどくふるえ、歩き方がぎくしゃくしているのに、それがあまり気にならない。今さっきの出来事が、だれか他人の身に起きたような、どこか冷ややかな自分を感じていた。

一軒の家の角でスノーファイアの姿を見つけた。鼻をふくらませ、耳をぴたりと寝かせ、今にも駆けだしそうないきおいで歩いている。ブロムはまだその鞍《くら》の上で体を折り、ぴくりともしない。エラゴンは心のなかで語りかけ、馬をなだめた。スノーファイアが落ち着くと、ブロムに近づいた。

老人の右腕は長い傷を受け、血に染まっている。かなりの出血だが深い傷ではなさそうだ。それでも、あまり血を流さないうちに止血しなければならない。エラゴンはスノーファイアをすこしなでてから、ブロムを鞍《くら》からおろしにかかった。しかし、その重みをささえきれず、地面に落としてしまった。エラゴンは、自分の力のおとろえに愕然《がくぜん》とした。

すさまじい怒声が脳裏に響きわたった。サフィラが空から現れ、翼を半分あげたままで目前に荒々しくおり立った。鼻息は荒く、目は血走っている。ふりあげた尾が頭上でピシッと音を立て、エラゴンは思わず身をすくめた。〈ケガを?〉サフィラの声は怒りで煮えたぎっている。

〈ぼくはだいじょうぶだ〉エラゴンはこたえ、ブロムをあおむけに寝かせた。

サフィラがうなり、声を荒げる。〈こんなことをしたやつはどこ?　わたしが八つ裂きにしてくれる!〉

エラゴンは弱々しく路地のほうをさした。「ムダだと思うよ。やつら、もう死んでるから」

〈あなたが殺したのか?〉サフィラはおどろきのにじむ声でいった。

エラゴンはうなずいた。「なんとかね」鞍袋をあけ、ザーロックを包んでいた布をさがしながら、なにがあったかを手短に説明した。

サフィラがしみじみといった。〔あなたもずいぶん成長した……〕

エラゴンがうなる。長い布切れが見つかると、ブロムの袖を注意深くまくりあげた。数回、手ぎわよく傷口をふき、腕に布をきつく巻きつけた。〔せめてここがパランカー谷だったらなあ〕エラゴンはサフィラにつぶやいた。〔あそこなら、どの草が傷によく効くかわかったのに。こんなところじゃ、どうやって傷を治せばいいのかわからないよ〕ブロムの剣を地面から拾いあげ、よごれをぬぐって、ベルトの鞘《さや》にもどしてやった。

〔早く発ったほうがいい〕サフィラがいった。〔どこかにまだアーガルがひそんでいるかもしれないから〕

〔ブロムを運んでくれないか？　おまえの鞍《くら》なら、彼をしっかりとささえられる。そのほうが、おまえに守ってもらえるし〕

〔それはいいが、あなたをひとりにはしたくない〕

〔だいじょうぶさ。ぼくのすぐそばを飛んでくれればいい。さあ、急ごう〕サフィラに鞍をつけると、ブロムの体に腕をまわしてもちあげようとした。が、やはりおとろ

えた体力ではもちあげられなかった。〔サフィラ、助けてくれ〕

サフィラが首をのばしてきて、ブロムのローブのうしろを歯ではさんだ。首を弓なりにして、母ネコが子ネコにやるように老人をくわえあげ、自分の背にひょいとのせた。エラゴンはブロムの足をストラップにすべりこませ、きつくしばりつけた。老人がうめいて体をよじらせ、エラゴンは顔をあげた。

ブロムは頭に手をあて、ぼんやりとまばたきをした。下にいるエラゴンを、心配そうに見つめている。「サフィラは間に合ったのか？」

エラゴンは首をふった。「そのことはあとで説明するよ。あんたは腕をケガしてるんだ。いちおう包帯は巻いたけど、どこか安全な場所で休んだほうがいい」

「そうか」ブロムがおずおずと腕に触れてみる。「わしの剣はどこに……おお、おまえが見つけてくれたのだな」

ストラップを結びおえると、エラゴンはいった。「サフィラがあんたを乗せて、ぼくのあとをついてきてくれる」

「サフィラに乗れというのか？」ブロムがいう。「わしなら、スノーファイアに乗るからいい」

「その腕じゃ無理だよ。このほうが、たとえ気を失ったとしても落ちる心配がない」

「では、ありがたく乗らせてもらおう」ブロムはうなずいて、ケガしていないほうの腕でサフィラの首につかまった。サフィラはあわただしく飛び立ち、空高く舞いあがっていった。エラゴンは翼の風圧にあとずさりながら、すぐに馬のところへもどった。

カドックのうしろにスノーファイアをつないでヤーズアックを出ると、ふたたび足跡をたどって南へむかった。足跡は岩の多い道をぬけて左へ折れたあと、ニノー川の堤にそって続いていた。道の縁には、ところどころにシダやコケや小さな低木がはびこっている。木かげの空気がいくら涼しくて爽やかでも、彼はけっして警戒心をゆるめなかった。途中、足をとめて革袋の水を満たし、馬に水を飲ませた。地面を見ると、ラーザックの足跡がくっきりとついている。少なくとも道はまちがっていないようだ。サフィラが頭上で旋回し、しっかりと目を光らせていた。

エラゴンは、ヤーズアックにアーガルがふたりしかいなかったことが、ひどく気になっていた。村じゅうを荒らし、村人を皆殺しにした大群は、いったいどこへ消えてしまったのか？　自分たちが会ったのは、たんなる後衛隊だったのか？　それとも、本隊を追う敵を捕らえるための待ちぶせだったのか？

エラゴンは、自分がどうやってアーガルを殺したかを考えてみた。心のなかにゆっくりと、ひとつの考えが、おどろくべき発想が、生まれていた。ぼくは――パランカー谷の農場の子エラゴンは――魔法を使った。そう、魔法だ！ あそこで起こったことを説明するには、この言葉しかない。信じられないことだが、この目で見たものは否定できない。どうしたわけか、ぼくは魔術師か魔法使いになってしまったんだ！

しかし、この新しい力をどうすればもう一度使えるのか、どれほどの力が、またどんな危険があるのか、さっぱりわからない。なぜこんな力がついたんだろう？ ライダーならあたりまえのことなのか？ それに、もしブロムが知ってたのなら、なぜ教えてくれなかったんだ？ 疑問やとまどいだらけだ。彼は思わず頭をふった。

サフィラに呼びかけ、ブロムの様子をたずねてから、いろいろな疑問を投げかけてみたが、サフィラも彼と同じように魔法のことはなにも知らなかった。〈サフィラ、今夜泊まる場所をさがしてくれないか？ 下からじゃ、あまり先が見えないんだ〉サフィラが場所をさがしているあいだ、エラゴンはニノー川の岸を歩き続けた。

日が暮れかけるころ、サフィラの呼ぶ声が聞こえた。〈ここだ〉川のほとりの、木立にかこまれた空間の情景が送られてきた。エラゴンはそこへむかって、馬たちの進路を変えた。サフィラにみちびかれた場所は、だれにも気づかれることのない完全に遮蔽された一画だった。

エラゴンがたどり着いたとき、煙も立たないほどの小さな火がすでに燃えていた。ブロムはその前にすわり、腕をぎこちなくもちあげて傷の手当てをしていた。サフィラはそのそばで体をこわばらせてうずくまっている。エラゴンの顔をじっとのぞきこんでたずねた。〔本当にケガはない？〕

〔外見はね……でも、ほかの部分はよくわからない〕

〔わたしがもっと早くあの場に行っていれば……〕

〔気にするな。今日は、みんながちょっとずつまちがいをおかした。ぼくのまちがいは、おまえとはなれたことだ〕その言葉への感謝の念が、サフィラの心から流れてきた。エラゴンはブロムに目をやった。「傷の具合はどう？」

老人は腕をちらりと見おろした。「かなり切られておる。痛みもけっこうなものだが、じきに治るじゃろう。新しい包帯がいるな。こいつはあまり長くもちそうにない」彼らは傷を洗うために湯をわかした。新しい布を腕に巻いたあと、ブロムはいった。「なにか食おう。おまえも腹をすかしておるじゃろう。まず腹ごしらえをして、話はそれからだ」

腹が満たされ、体が温まると、ブロムはパイプに火をつけた。「さて、そろそろ話を聞かせてもらおうか。わしが意識を失っているあいだに、なにが起こったのか。聞きたくてうずうずしておるのだ」ブロムの顔がゆれる炎に照らされ、太い眉毛が恐ろしげに飛び出て見える。

エラゴンは不安げに両手をにぎりしめ、あったことを包みかくさずそのまま話した。ブロムは終始表情を変えず、ひと言も口をはさまなかった。エラゴンの話が終わると、ブロムは地面に目を落とした。唯一聞こえるのは、炎のはじける音だけだ。長い沈黙のあと、ブロムがようやく口を開いた。「以前にも、その力を使ったことがあるのか？」

「ない。なにか知ってるの？」

「すこしだけな」ブロムは物思いにしずむ表情でいった。「わしはおまえに命を救われたようだ。いつか、この借りを返したいと思っておる。おまえはたいしたものじゃ――初めてアーガルを殺して、無傷で逃げられる者などめったにおらんのだからな。

しかし、おまえの行為はひどく危険なものだった。自分の身はおろか、村全体をふき飛ばしてしまったかもしれんのだ」

「ほかにどうしようもなかったんだ」エラゴンは言いわけするようにいった。「アーガルたちがおそいかかってくる寸前だった。あれ以上待ったら、ばらばらにされてたよ」

ブロムはパイプの吸い口を、歯でしきりにカチカチいわせている。「おまえは自分がなにをやったか、まったくわかっておらんようだな」

「じゃあ教えてよ」エラゴンは食ってかかった。「この謎のことをずっと考えてた。だけど、答えなんか出ないんだ。いったいなにが起きたの？　なんでこのぼくが魔法なんか使えたの？　だれかに教わったわけでも、呪文を知ってるわけでもないのに」

ブロムの目が光った。「あれはおまえが今教わるようなものではない――まして、いきなり使うとは！」

「ああ、使ったさ。それに、今度戦うときも必要になるかもしれない。だけど、あんたの助けなしには、それができない。魔法を使うことのなにが悪いんだよ。ぼくがもっと大人になって賢くなるまで、知ってはいけない秘密かなにかがあるの？　それとも、ひょっとしてあんた、魔法のことなんかなにも知らないんじゃないの？」

「おい、おまえ！」ブロムが声を荒げた。「人にものをたずねるのに、そんな横柄な態度をとるやつなど見たことがないぞ。自分のたずねていることが本当にわかっとるなら、そのように性急にはなれんはずだ。わしをあおるな」老人は言葉を切り、表情をやわらげた。「おまえが知りたがっていることは、おまえが思っている以上に複雑なことなのだ」

エラゴンはむきになって立ちあがった。「これじゃまるで、だれにも説明できない妙ちきりんな規則のある世界へ放りこまれたみたいだ」

「その気持ちはわかる」ブロムは指で草をもてあそびながらいった。「今日はもう遅いから、休んだほうがいい。しかし、うるさいおまえのために二、三こたえておこう。ほかの世界と同じように、魔法には――魔法であるがゆえの――規則がある。もしその規則をやぶれば、罰則は死だ。例外はない。それぞれになにができるかは、その者の力、言葉、想像力によって変わってくるのだ」

「言葉ってどんなもの？」エラゴンはたずねた。

「また質問か！」ブロムが声をあげる。「てっきりこれで終わりかと思ったのに。しかしまあ、もっともな質問だな。おまえ、アーガルを射たとき、なにかいったか？」

「うん。『ブリジンガー』と」焚《た》き火の炎がゆらめき、エラゴンの体にふるえが走った。その言葉のなにかが、信じられないほど自分を活気づかせるのがわかる。

「やはりそうか。『ブリジンガー』は、その昔、すべての生き物が使った古代語の言葉なのだ。だが、ときの流れとともに忘れ去られていた。永遠ともいえる長い歳月、アラゲイジアで話されることはなかった――しかしあるとき、エルフ族が海のむこうからこの言語を運んできた。エルフたちは古代語をほかの種族に伝え、教わった種族たちはなにか大きな力が必要なときにこれを使うようになった。この言語には――もし、それがわかればの話だが――あらゆる者たちにとって、ふさわしい名前がついておる」

「だけど、それと魔法となにか関係があるの？」エラゴンは口をはさんだ。

「あるとも！　古代語はすべての力の源なのだ。この言語は、目で見える表面的な姿ではなく、ものの真の姿を表わす。たとえば炎は『ブリジンガー』。それが、炎の見かけの姿だけでなく、本質を表わす言葉なのだ。じゅうぶんに力のある者が『ブリジンガー』といえば、炎を好きなように動かすことができる。それが、今日起こったことなのじゃ」

エラゴンはふと考えた。「どうして炎は青かったの？ 『炎』といっただけで、なぜぼくの思いどおりになったの？」

「炎の色は、さまざまにある。その言葉を使った者によって変わる。なぜ炎がおまえの思いどおりになったかだが、本来ならば、それは修行によるものなのじゃ。初心者はたいてい、自分の起きてほしいと思う言葉をとなえることからはじめる。しかし経験をかさねるうちに、その必要はなくなってくる。真の達人ともなれば、『水』ととなえて、水とまったく関係のないもの、たとえば宝石などを出したものだ。達人がどのようにそれを出したのかはわからない。おそらく、水と宝石のなかに共通点を見つけたのだろうな。そしてそれを、自分の力の焦点にした。古代語の修行は、なにものにも勝る芸術なのじゃ。おまえが今日やったのは、きわめてむずかしいことじゃった」

サフィラがエラゴンの意識に分け入ってきた。〔ブロムは魔術師！ だから平原で焚《た》き火をおこせた。魔法のことを知っているだけではない。彼は、自分で魔法を使えるにちがいない！〕

エラゴンは目を丸くした。〔そうだったのか！〕
〔その力についてよく聞いておきなさい。だが言葉には気をつけること。そういう能力のある人に、いいかげんな気持ちでのぞんではいけない。そもそも、彼が魔術師か妖術師なら、なんの目的でカーヴァホールに住みついたのか？〕
エラゴンはサフィラの言葉を頭に置き、慎重に口を開いた。「サフィラとぼくは、今あることに気づいたんだ。その魔法、あんたも使えるの？　平原での最初の晩、そうやって火をおこしたんだね？」
ブロムはかすかに頭をかしげた。「ある程度のことはできる」
「じゃあ、どうしてそれを使ってアーガルと戦わなかったの？　それに、今思えばいろいろと役に立つ場面があったはずだ――嵐からぼくらの身を守ってくれるとか、目に土埃《つちぼこり》が入らないようにしてくれるとか」
ブロムはパイプにタバコをつめ足してからいった。「理由はかんたんじゃ。わしはおまえとちがってライダーではない。わしの魔力など、おまえがへとへとに消耗しているときよりも弱いものだ。それに、若い時代はもうすぎた。わしも昔ほど達者ではないのでな。魔法を使うことが、すこしずつきつくなっておるのだ」

エラゴンはきまり悪さに目をふせた。「ごめん」

「べつにいい」ブロムは腕の位置を変えた。「だれでもいつかはそうなるものじゃ」

「魔法はどこで教わったの？」

「それもまた、ふせておきたいことじゃ……遠い遠い地で、とてもよい師に教わったとだけいっておこう。少なくともわしは、その師の修行は終えることができたのだ」小さな石でパイプの火を消していう。「まだ質問したいのはわかっとる。むろん、ちゃんとこたえよう。だが、残りはあしたにまわすことにするぞ」

目に炎の光を浴び、ブロムは身を乗り出した。「だが、おまえがおかしなこころみをせんよう、これだけはいっておこう。魔法は、両腕と背中を一時に使うのと同じだけ体力を消耗する。アーガルをたおしたとき、ひどく体がだるかったのはそのせいなのだ。だからこそ、わしはおこったのだぞ。おまえにとっては、きわめて危険なことだからな。体内にある以上の力を魔法に使いでもしたら、命をも失いかねん。魔法は、ふつうのやり方で達成できない場合にしか、使うべきではないのじゃ」

「その魔法が、体力を使いはたすものかどうか、どうすればわかるの？」エラゴンはぞっとしながらいった。

ブロムが両手をふりあげる。「ほとんどの場合、わからん。だからこそ、魔法使いは自分の限界をよく知っておかねばならぬ。たとえ知っていても、用心は必要じゃ。ひとたび魔法を解き放てば、けっしてそれを引きもどすことはできんのだからな。それで自分が死ぬことになってもだ。これは警告だぞ。もっとしっかり学ぶまで、勝手にためしてはならん。さて、今夜はいろいろと話をしすぎたのう」

ふたりが寝床を用意しはじめると、サフィラの満足そうな声が聞こえてきた。〔エラゴン、わたしたちはふたりとも、もっともっと強くなる。もうじき、行く道に立ちふさがる者などいなくなる〕

〔ああ。でも、ぼくらはどの道を選べばいいんだろう?〕

〔どちらでも、行きたい道を〕サフィラは思わせぶりにこたえ、眠りについた。

20

とてもかんたんなこと

「あのとき、アーガルたちがまだヤーズアックに残ってるって、なぜ思ったの?」エラゴンがブロムにそうたずねたのは、翌日、歩きだしてしばらくたったころだった。

「あのふたりだけどうして村に残っていたんだろう?」

「あのふたりは、本隊からぬけ出して村のものを略奪しておったのだろう。そもそも、アーガルが徒党を組んで行動することのほうがおかしいのだ。わしの知るかぎりでは、過去に二、三度ぐらいしかない。今、なぜそんなことをするのか、気になってしかたがない」

「あの襲撃は、ラーザックと関係あるのかな?」

「わからん。とにかく、今いちばん肝心なのは、できるかぎり速くヤーズアックから遠ざかることじゃ。ラーザックも、ここを通って南へむかっておるようだしな」

の？」

エラゴンはうなずいた。「だけど食糧をまだ確保できてない。近くに町や村はないの？」

ブロムは首をふった。「だが、いよいよになったら、サフィラに獲物をとってきてもらって、肉だけで食いつなげばいい。この林は小さく見えるだろうが、なかにはたくさんの動物が棲《す》んでおるのじゃ。周囲何キロにもわたって、この川だけが唯一の水源でな、平原の動物たちがみなここまで飲みにやってくる。ひもじい思いはせんよ」

エラゴンはその返事に満足して口を休めた。頭上を大きな鳥がせわしなく飛びまわり、川は激しく、とめどなく流れている。生命や活気がみなぎるにぎやかな場所だった。エラゴンはまたたずねた。「あのとき、アーガルにどうやってやられたの？　なにもかもあまりにも速くて、見てる間がなかったんだ」

「運が悪かったのじゃ」ブロムは不平がましくいった。「わしのほうが、やつより何枚も上手だった。だからやつめ、スノーファイアをけりつけおった。このバカな馬がおどろいて立ちあがったものだから、わしはふり落とされそうになった。アーガルはそのすきをついてきたのだ」老人はあごをかいた。「さては、まだ魔法のことを考えておるな。おまえがそれを見つけたことで、めんどうな問題が生じてしまった。ほとんど知られていないことだが、ライダー族は魔法を使うことができた。その力には個人差があったがな。ライダーたちは全盛期にさえ、この能力を秘密にしていた。そのほうが敵と戦うのに有利だからだ。それに、これがおおっぴらになっていたら、一般の民とはうまくつきあえなかったじゃろう。今でも大衆の多くは思っておる。王に魔力があるのは、やつが魔法使いか魔術師だからだとな。だがそれはちがう。正確には、やつがライダーだからじゃ」

「どういうちがいがあるんだよ。ぼくは魔法を使った。ということは、ぼくが魔術師だってことじゃないの？」

「そうではない！　たとえばシェイドのような魔術師は、自分の意思をまっとうするために、霊の力を使う。そこがおまえとはまるきりちがうところだ。霊力やドラゴンにたよらない魔術師もいるが、おまえはそれでもない。まして、呪文や薬草から力をえる魔法使いなどではけっしてない。

そこで、めんどうな問題が生じたという話にもどる。当時、おまえのような若いライダーは、それはそれはきびしい修行を受けねばならなかった。身体能力を高め、精神的な抑制力を身につけるためだ。魔法をあつかう資格があると見なされるまで、修行は何か月にも、ことによっては何年にもおよんだ。そしてそのときが来るまで、修行者たちはぜったいに、自分のなかにある力について知らされることはない。もし偶然、それを発見してしまったなら、その者はすぐにほかの者たちから引きはなされ、個人指導を受けさせられる。魔法を自分で発見するなど、めったに起こることではなかったのじゃ」ブロムはエラゴンのほうに頭をかたむけた。「まあ、当時の修行者たちは、おまえのように切迫した状況に追いこまれたりはしなかったじゃろうがな」

「それで、資格があると見なされた人は、どうやって魔法の訓練を受けるの？」エラゴンはたずねた。「魔法って、だれかに教わってできるようなもの？　ぼくだって、二日前にこの話を聞いていたら、まるでぴんとこなかったと思うんだ」

「修行者たちはまず、無意味な訓練のくり返しを強いられる。訓練はわざといらだつように仕組まれておってな、たとえば、積みあげられた石をつま先だけで動かせとか、穴のあいた桶《おけ》に水をいっぱい満たせとか、そういった無理難題じゃ。魔法をくり出せるようになるほど頭がかっかするのを待つわけだ。たいていはそれでうまく行く。

わしがいいたいのは、もしこの修行を受けた敵に遭遇したら、おまえはあまりにも不利だということだ。そうした古き者たちがいまだに生きておるからな――ガルバトリックス、もちろん、エルフたちもそうじゃ。おまえなど、あっという間に八つ裂きにされてしまう」

「じゃあ、ぼくはどうすればいいの？」

「正式な修行をする時間はないが、旅のあいだにある程度は習得できるだろう」ブロムはいった。「わしは、心身をきたえる訓練法をいろいろと知っておる。といっても、ライダーの修行は一夜で終えられるものではない。おまえはそれを――」老人はおどけた表情でエラゴンを見た。「即席で身につけねばならんのじゃ。最初はつらいかもしれんが、それによる見返りは大きい。ひとつ、おまえをよろこばせてやろう――おまえのような若いライダーで、昨日のように、アーガルふたりを相手に魔法を使った者はいまだかつていない」

エラゴンはほめられてほほえんだ。「それはどうも。ところでその古代語、名前はついてるの？」

ブロムは笑った。「ああ、だが、だれも知らんのだ。おそらく驚異的な力をもった名前だろう。それによって、言語そのものも、それを使う者たちも、すべてを支配してしまうような。人々は長いことその名をさがし続けているが、いまだ見つかってはおらんのだ」

「だけど、魔法のあつかい方なんて、やっぱりわからないよ」エラゴンはいった。

「ぼくはじっさい、どうすればいいの？」

ブロムがおどろいた顔をする。「まだわからんか？」

「うん」

ブロムは深く息をすっていった。「魔法を使うにはまず、その者に先天的な力がなくてはならない——今ではそうした者はめったにおらんがな。次に、その者は、この力をみずからの意志で呼びおこすことができねばならん。呼びおこせたなら、今度はそれを使ったり、消失させたりしなければならん。わかるか？　それで、じっさいにこの力を用いるときは、その目的にそった古代語を口にする必要がある。たとえば、昨日、おまえが『ブリジンガー』といわなければ、なにごとも起きなかったのじゃ」

「つまり、使える力は、古代語をどれだけ知っているかによって変わってくるんだね？」

「そのとおり」誇らしげにいう。「それから、この言語で話しているとき、他人をあざむくことはできん」

エラゴンはかぶりをふった。「そんなのありえないよ。人はいつも嘘《うそ》をつく。その言語を使ったって、嘘はいえるさ」

ブロムはくいっと眉をあげた。「フェザブラッカ・エカ・ウェオナタ・ニーエット・ヘイナ・オノ、ブラッカ・イーオム・イエト・ラム」木の枝から鳥が一羽飛んできて、ブロムの手の上にとまった。鳥は小さくさえずって、ビーズのような目でふたりを見つめた。ブロムがまた「イサ」というと、鳥は羽ばたいていった。

「どうやったの？」エラゴンは不思議そうにたずねた。

「傷つけたりしないと約束した。言葉の意味はよくわからなかったとしても、この言語のもつ力によって、わしのいわんとしたことが伝わったのだろう。ほかの動物たちもそうだが、あの鳥はちゃんと知っていたのじゃ。この言語を使う者は、ぜったいに嘘はつかないと。だからわしを信用した」

「エルフもこの言語を使うんだよね？」

「そうじゃ」

「じゃあ、エルフも嘘をつかないの？」

「そうともいえんのだ」ブロムは認めた。「エルフたち自身は、嘘《うそ》などつかないといいはるだろう。ある面、それは事実かもしれん。だがじつは彼らは、ひとつのことを語りながら、その言葉に、言外の意味をもたせる術《すべ》を身につけておる。だから、真意を推し測ることはできない。その本当の思いがなんであるのか、わからないのじゃ。たいていの場合、彼らは真実の一部だけを人に見せ、残りは引っこめてしまう。エルフの文化とつきあうには、緻密で鋭敏な知性が必要なのだ」

エラゴンはふと考えた。「その古代語では、個人の名前にどんな意味があるの？名前が、その人に力をあたえたりもするんだろうか？」

ブロムの目が満足げに輝いた。「そのとおり。この言語を話す者は、ふたつの名前をもつことになる。ひとつめはふだん使うための名で、あまり権威がない。本当の名はふたつめのほうで、ごく少数の信頼できる者にしか教えることがない。みなこの真の名をかくそうとしなかった時代もあるが、今はそうではない。おのれの真の名を知った者はみな、とてつもない力を得ることになる。まるで自分の人生を他者の手にゆだねてしまうかのようにな。自分のかくされた名をもっていても、それを知っとる者は少ないのじゃ」

「その本当の名前って、どうすればわかるの？」エラゴンはたずねた。

「エルフは本能的にそれを知るが、ほかの種族にそのような能力はない。人間のライダーはふつう、自分の真の名をさがす旅に出かけたものじゃ。それを教えてくれるエルフをさがそうとする者もいたが、それはまれだな。エルフ族は、そうした知識を、ほかに分けあたえるようなことはしないからだ」ブロムはこたえた。

「ぼくも自分のが知りたいな」エラゴンはあこがれるようにいった。

ブロムが眉をくもらせた。「早まるものではない。恐ろしい事実があきらかになるかもしれんのだ。あまい妄想や郷愁などで、真の自分を知ることなどできん。傷つかずに、そのときをむかえることはできないのだぞ。苛酷な事実に直面し、正気を失った者もいる。忘れようとする者もいる。だが、その名によって力をあたえられる者がいる以上、おまえもまた力を得るかもしれない。もしその真実におしつぶされなければな」

〔おしつぶされないはずだ〕サフィラが力強くいう。

「それでも、やっぱり知りたい」エラゴンはきっぱりといった。

「おまえはガンコなやつだ。まあ、それはいいことではある。本物の自分を見つけられるのは、意志のかたい者だけだからな。しかし、これぱかりはわしも助けることはできん。おのれの力でさがさねばならぬものなのだ」ブロムは傷ついた腕を動かし、痛そうに顔をしかめた。

「なぜあんたもぼくも、その傷を魔法で治せないの？」エラゴンはたずねた。

ブロムは目をしばたたかせた。「理由などない——そのようなことは考えてもみたこともないわ。わしの力のおよばぬことじゃ。おまえなら、正しい言葉を使えば治せるかもしれんが、そんなことでおまえを消耗させたくない」

「でも傷を治せたら、痛みがなくなって楽になる」エラゴンは食いさがった。

「そんなものはたえられる」ブロムはあっさりという。「傷を魔法で治すには、傷がみずから回復するのと同じ力が必要なのだ。しばらくは、おまえにそんな体力を使わせたくない。今そのような困難な仕事をやってはいけないぞ」

「その腕を治すことができるなら、もしかして、死人を生き返らせることもできる？」

ブロムはその質問にぎょっとしながらも、すぐにこたえた。「使い方によっては、死命を落とすこともあるといっただろう、それもそのひとつなのじゃ。ライダーは、死人をよみがえらせてはならん。自分の身の安全のためにな。生のむこうには、魔法などなんの役にも立たない奈落がある。そんなところにふみ入ろうとしたら、おまえの力は消滅し、魂は暗黒のなかにすいこまれてしまう。魔法使い、魔術師、ライダー、その敷居をこえようとした者はみな失敗し、絶命した。刀傷や打ち身、ふつうの骨折を治すくらいなら、おまえにもできよう。しかし、死者はぜったいにいかん」

エラゴンは眉をひそめた。「思ったよりずっとややこしいんだな」

「そのとおり！」ブロムはいった。「自分のすることをしっかりわきまえておかねば、大それたことに手を出して、命を落とすことになるのだぞ」老人は鞍《くら》の上で体をひねり、地面に手をおろして、小石をひとつかみすくいあげた。苦労して体を起こすと、小石一個だけを残して、あとは捨てた。「この小石が見えるな?」

「うん」

「これをもて」エラゴンはいわれたとおり、なんの変哲もない小石を手にとった。うすくて黒い、つるりとした、親指の先ほどしかない小石だ。道には似たような石が無数にころがっている。「これがおまえの修行じゃ」

エラゴンは当惑して、ブロムのほうをふり返った。「なんのことかわからない」

「あたりまえじゃ」ブロムはもどかしげにいった。「だからこそ、今こうして教えとる。ほれ、無駄口をたたいとると先へ進まんぞ。おまえがやるのは、その小石を掌からもちあげ、できるだけ長く宙に浮かせておくことだ。使う言葉は『ステンラ・リサ』。いってみなさい」

「ステンラ・リサ」

「よろしい。さあやれ」

エラゴンはしぶしぶ小石に目をこらした。前日のように、体の内側が熱く燃えあがる気配はないだろうかと、自分の心のなかをさぐってみる。いくら見つめても、石は動かぬまま。汗がにじみ、いらいらしてくる。いったいどうすればいいんだ？　ついに、たまらず腕組みをしてさけんだ。「無理だよ！」

「いいや」ブロムがどら声でいい返した。「無理かどうかはわしが決める。努力だ！かんたんにあきらめるでない。さあ、もう一度」

エラゴンは顔をしかめながらも目を閉じ、頭のなかのじゃまな思考をすべてわきによけた。深く息をすい、意識のいちばん遠いところに分け入り、力のひそむ場所をさがそうとする。ありとあらゆる思考や記憶をほり続け、やがてなにかちがうものにつきあたった――自分の一部でありながら、自分のものとは思えない、小さなこぶのようなもの。いきおいこんで、こぶをほり進んだ。なにか抵抗を感じた。心の防壁だ。だがきっとそのむこうに、自分の力がひそんでいるのだ。けんめいにやぶろうとするが、壁はびくともしない。怒りにまかせ、全身全霊をこめて壁にぶつかっていった。すると防壁はうすいガラスのようにくだけ、光の川に乗って彼の心がどっと流れてきた。

「ステンラ・リサ」エラゴンは息を弾ませていった。掌がかすかな光を放ち、その上を小石がふらつくようにして浮きあがっていく。そのまま浮かせておこうとするが、力はすりぬけ、また壁のむこうへ退《ひ》いていってしまう。小石は手の上にストンと落ち、掌はふつうの状態にもどった。すこし疲れを感じながらも、彼は満足げににやりとした。

「初めてにしてはまあまあじゃな」ブロムがいった。

「どうして掌があんなふうになったの？　ランタンみたいに光ってた」

「さあな」ブロムはこたえた。「ただライダーたちは、ゲドウェイ・イグナジアのある手のほうへ力を流すことを好んだのだ。べつの手でもできないことはないが、かんたんではない」ブロムはエラゴンを見ていった。「次の村が無事残っておれば、おまえにそこで手袋を買ってやろう。掌の印を自分でうまくかくしておるようだが、偶然だれかに見られないともかぎらない。それに、むやみに光って敵の注意を引くようではこまるだろう」

「あんたの手にも印があるの？」

「いいや。ライダーにしかない」ブロムはいった。「それからもうひとつ、おまえにいっておくぞ。魔法の威力は距離によって変わってくる。弓矢や槍《やり》と同じだな。一キロはなれたところからものを動かそうとすれば、近くでやるよりずっと体力を使う。したがって、五キロ後方から敵が追ってきているとしたら、ぎりぎりまで自分に引きよせてから、魔法を使うのだぞ。さあ、稽古を続けて！　もう一回、石をもちあげてみなさい」

「もう一回？」一度めに要した努力を思うと、声に力が入らない。

「そうだ！　今度はもっと敏速に」

彼らはその日一日じゅう、同じ稽古を何度もくり返した。ようやく終わったとき、エラゴンは疲れはてて不機嫌になっていた。小石など見るのもいやだった。ところが石を捨てようとする彼に、ブロムはいった。「捨てるな。とっておけ」エラゴンはブロムをひとにらみして、しかたなく石をポケットにしまった。

「修行は終わっとらんぞ。くつろぐのはまだ早い」老人はそう釘《くぎ》をさすと、小さな植物をさしていった。「これは『デロイス』という」それからは古代語の手ほどきの時間だった。まっすぐな小枝『ヴォンダー』から、明けの明星『エイデイル』まで、ひとつひとつ指をさしてエラゴンに記憶させた。

その夜、ふたたび焚《た》き火のまわりで打ちあいをした。ブロムは左の手しか使えなかったが、それでもじゅうぶん強かった。


翌日も、彼らは同じことを続けた。まずは古代語の学習、次に小石の浮揚《ふよう》、そして夜にはブロムと剣の特訓。つねに憂鬱な気分ではあったが、自分でも気づかぬうちに、エラゴンはすこしずつ変わりはじめていた。ほどなく小石はふらつかずに浮きあがるようになり、ブロムが課した初歩の修行に合格して、さらにむずかしい課題にとり組んでいた。また、古代語の知識もどんどんふえていった。

剣のほうも、エラゴンは自信と速さをそなえ、ヘビのようにしぶとく攻められるようになった。突きはずっしりと重くなり、剣をはらうとき腕がふるえることもなくなった。ブロムの攻めをかわせばかわすだけ、木刀での打ちあいは延々と続いた。今では、傷をつくって床につくのは、エラゴンひとりではなくなっていた。

サフィラはあいかわらず成長を続けていたが、以前ほどの急激な変化は見られなくなった。定期的に出かける狩りなどで飛行の範囲がひろがるにつれ、その体はたくましく健康になっていった。すでに背丈は馬よりも高く、体長もずっと長い。その大きな体と光り輝く鱗《うろこ》で、ますます人目につきやすくなっている。ブロムもエラゴンもそれが心配で、光る表皮に泥を塗って目立たなくしたかったが、サフィラは断固として受け入れなかった。

彼らはラーザックのあとを追って、ひたすら南へとむかっていた。いくら速く進んでも、敵がつねに数日分先を行っていることが、エラゴンには歯がゆくてならなかった。ときとしてあきらめそうになり、そのたびにラーザックの痕跡や足跡を見つけ、望みを新たにするのだった。

ニノー川ぞいにも平原にも人の住む気配はまったくなく、一行は何日間も平穏無事な旅を続けた。やがて、ヤーズアックを出て以来初めての村、ダレットが近づいていた。

村に入る前の晩、エラゴンは鮮烈な夢を見た。

ギャロウとローランが、こわれた家の台所にすわっていた。ふたりはエラゴンに、農場を建て直すのを手伝ってくれという。しかし彼は、胸にたえがたい郷愁を覚えながらも、ただ首をふり、伯父にむかってつぶやく。「ぼくは伯父さんを殺したやつを追ってるんだ」

ギャロウは彼を横目でにらみ、「おれが死んでるように見えるか?」とたずねる。「手伝えないんだ」エラゴンは涙をにじませながら、静かにこたえる。

とつじょ、咆哮《ほうこう》が聞こえ、ギャロウの姿がラーザックに変わった。「では、死ね」彼は耳ざわりな声をあげ、エラゴンに飛びかかってきた。

エラゴンは不快な思いで目覚め、空をめぐる星を見あげた。

〔エラゴン、心配しないで〕サフィラがやさしくささやいた。

（ドラゴンライダー2に続く）

本書は
単行本二〇一一年七月　静山社刊
を三分冊にした1です。

ドラゴンライダー①
エラゴン　遺志を継ぐ者　1
2018年5月16日　第1刷

作者　クリストファー・パオリーニ
訳者　大嶌双恵
©2018 Futae Oshima
発行者　松岡佑子
発行所　株式会社静山社
〒102-0073　東京都千代田区九段北1-15-15
TEL 03(5210)7221
http://www.sayzansha.com
印刷・製本　中央精版印刷株式会社

ISBN 978-4-86389-433-4　printed in Japan